蝶のゆくへ

葉室　麟

集英社文庫

目次

蝶のゆくへ

第一章　アンビシャスガール

一

明治二十八年（一八九五）春——

黒アゲハ蝶（ちょう）が飛んでいる。

十八歳の星（ほし）りょうは、ゆらゆらと飛んでいく黒アゲハ蝶を見上げながら、この蝶は幸運の印なのだろうか、それとも死者の霊魂が化身しているのだろうか、と考えた。

紬（つむぎ）の着物に海老茶（えびちゃ）の行灯袴（あんどんばかま）をつけ、紫の風呂敷包みを手にしている。化粧っ気はなく、このころ、女学生に流行した丸い束髪の〈ひさし髪〉を結っている。前髪が潰れて前に突き出た形だ。

顔は小さく、目が澄んでいる。

唇をちょっと突き出し加減なのは、負けず嫌いでいつも何かに挑むような顔つきをしているからだろう。

黒アゲハ蝶はしだいに中天高く飛んでいく。それを見て、りょうは、

（ただの蝶だわ。わたしとは無縁に違いない）

と結論づけて、目の前の建物に目を向けた。

少し失望していた。

りょうが去年まで在学していた横浜(よこはま)のフェリス和英女学校は、校舎の壁が赤、窓枠は濃いグリーンだった。しかも風車によって深井戸からタンクに地下水を汲(く)み上げており、その風車も赤く塗られていた。

あたかも西洋の風景画を目の当たりにするようで、りょうは初めてフェリス和英女学校の校舎を見ただけで、胸がときめいた。

だが、いま、目の前にある東京、下六番町(しもろくばんちょう)の、

——明治女学校

の校舎は粗末で古ぼけていた。校舎のまわりに寄宿舎や教員のための長屋があるが、どことい って目新しいものがない。

（これが、憧れていた明治女学校なのだろうか）

りょうは期待に膨らんでいた胸がしぼむのを感じた。

どうしてもこの女学校に入りたいと願ってきた。いや、入らねばならない、と思い続けてきた、と言ってもいい。だが、ようやくたどりついた夢の女学校が平凡な姿を見せているのはなぜなのだろうか。

期待が大きすぎたのだろうか。いや、そんなはずはない、とりょうは思い返した。

(この女学校からわたしの人生は始まるのだ)

自分に言い聞かせるように、りょうは胸の中でつぶやいた。

りょうは、旧仙台藩士、星喜四郎の三女として仙台に生まれた。

明治維新後、士族は窮迫した。りょうの家も例外ではなかった。だが高等小学校に入り、その隣にあった仙台神学校の教会で行われていた日曜学校に通うようになると、何かに目覚めた。

それまで、内気だったりょうは人前でもはっきりと自分の考えを述べるようになった。身の裡からあふれるものを吐き出さずにはいられなかった。

この世には何かしら意味がある。それは自分も同じことだ。自分にも意味があり、この世で果たさねばならない役割がきっとある、と思った。

そんな思いを話すと、日曜学校で知り合った神学生は、

――アンビシャスガール

と呼んで、りょうをかわいがった。

明治九年に来日して札幌農学校初代教頭に就任、事実上の創設者となったアメリカのクラーク博士が在職一年の後、帰国するにあたって、

――Boys, be ambitious

ボーイズビーアンビシャス、青年よ大志を抱け、と馬上から言ったと伝えられる言葉

からとった呼び方だった。神学生は、

「あなたはほかの娘とは違います。そのことはきっと大切なことなのです」

と何度も繰り返して言った。

実際、りょうは常に胸に得体のしれない大きな望みを抱いていた。だからこそ、明治女学校の門前に立ったのだ。

そして時代も女子が何事かをなすことを求めている。少なくとも、りょうはそう思っていた。

明治政府は明治五年に東京女学校を設立、女子教育の場の整備に着手した。女子に中等教育を行うことを目指したのだが、同時に、

——女子ヲシテ外国人ト語ヲ通シ博学明識ノモノト相交リ見聞ヲ広大ナラシムルヲ要スルナリ
として、英語なども教科に加えた。女子教育への関心が高まる中、フェリス和英女学校は関東のミッションスクールの最高峰であり、女学生の憧れの的だった。

そのフェリス和英女学校にしだいになじめないものを感じたのが、りょうは自分でも不思議だった。

りょうは小学校のころからキリスト教に帰依していたが、ミッションスクールに進んで却って信仰がゆらいだ。同時に文学に魅かれるようになっていた。

そんなりょうにとって、明治女学校こそが夢に近づくことを許してくれる学びの舎だった。

明治女学校は、キリスト教思想による女子教育のために木村熊二、鐙子夫妻によって明治十八年に設立された。キリスト教主義だがミッション経営でなく日本人の手による女学校だった。

木村熊二は但馬の旧出石藩の儒者、桜井石門の次男で幕臣の木村家を継いだ。戊辰戦争では彰義隊に加わり上野の山に立て籠った。彰義隊が官軍に敗れると徳川慶喜が移住した静岡に身をひそめた。

その後、薩摩出身の森有礼に従ってアメリカに渡り医学や神学を学んで明治十五年に帰国すると、改革派宣教師として伝道に尽力していたが、やはりキリスト教徒だった妻の鐙子とともに明治女学校を創立したのだ。

当初、熊二が校長、鐙子が教頭だった。しかし、その後、鐙子が病で急死し、熊二も信州小諸に引っ込んで小諸義塾を開いた。

このため、木村と同じ旧出石藩の儒者の子で明治女学校の教員となっていた巌本善治が二代目校長となった。巌本は明治十八年以来、個人編集誌として『女学雑誌』を刊行

し、女子教育向上のための、

——女学
を唱道していた。

巖本は、〈女学〉について、『女学雑誌』で次のように論じる。

——此の大不調和の世の中に於て、大に調和を守護し、高く調和の音を発するものあり、即はち愛と云ひ美と云ふものこれ也。而して愛と美との形を取りて世に現はれたるは、救済、看病、学院、病院、伝道、教育、ホーム、教会、音楽、詩歌、絵画、彫刻、等にして、拠て其要の尤も多く人の上に現はれたるは即はち女性なり。

世の中は対立と矛盾に満ちている、その中で調和の役割を果たすのが、愛であり、美である。

そして愛と美が現実の世の中に形となって現れるのが病院や伝道、教育、さらには音楽や詩歌、絵画、彫刻などだ。これらを体現しているのが、すなわち女性である。

それゆえ、女性の教育を充実しなければならない、というのだ。

キリスト教を通して社会を考え、女性の価値を見出そうとしているのだが、善意ゆえに却って女性の本質への理解が浅薄で未熟かもしれない。それでも巖本は明治という新時代での啓蒙を行うことに情熱を燃やしていた。

一方、巌本の『女学雑誌』は思いがけず発展をとげた。

女権運動家の中島湘烟、清水紫琴が招かれて、女権拡張運動の拠点となった。さらに巌本の妻、若松賤子が『女学雑誌』にバーネットの『小公子』を翻訳して連載すると人気を得たのだ。

さらに明治女学校の教師となった星野天知や北村透谷、島崎藤村らも『女学雑誌』に執筆し、明治女学校はあたかも明治の文学の潮流のひとつとなった感があった。


りょうは思い切って門をくぐり、校舎の教員室を訪ねた。

髭を生やした教員から、巌本が入学に当たっての心得を説くから、教室で待っているようにと言われた。

りょうはうなずいて、教員室からもっとも近い教室に入った。椅子に座り、待っていると廊下から足音が聞こえてきた。

(巌本先生だわ——)

巌本は背が高く、血色麗しく、うるおいのある大きな眼は常に何かを思索するかのような光を帯びて見開かれており、さらにつややかな美髯、やや厚く色鮮やかな唇など男らしく英傑を思わせる風貌だと聞いていた。

りょうの胸は高鳴った。

どうしてだろう、わたしは、巌本先生の噂(うわさ)を聞いただけで恋い慕っているのだろうか。

そんなはずはない、と思いつつも、動悸(どうき)は速くなり、頰は火照ってきた。

堪えかねるように、窓に目を遣(や)った。すると、窓枠に先ほど見た黒アゲハ蝶が止まっている。

それを見た瞬間、りょうは心がすっと落ち着いた。

(どうして気づかなかったのだろう。あの蝶は冬子(ふゆこ)様の霊魂だ)

巌本を待つうちに感じた気持も自分のものではない。かつてこの明治女学校の教室で、教壇に立ち、昨年、自ら命を絶った男、

――北村透谷
を思った冬子の慕情ではないか。

りょうの頰をいつの間にか涙が伝っていた。

二

りょうは小学校を出ると仙台の宮城(みやぎ)女学校に入った。

東京の明治女学校の噂を聞き、憧憬の念を募らせながら日々を過ごしていた。

明治二十五年二月――

仙台でもようやく春めいてきたある日、りょうが登校すると、生徒たちに講堂に集まれと指示があった。

講堂に行くと、ステージの前に、

斎藤冬子

石川梅代

町田辰子

尾花梅代

小平小雪

という五人の生徒が腰かけている。

何事だろう、と思って見ていると、校長のミス・プールボーが壇上に現れ、この五人は今日限りで学校から出ていってもらうと早口で話した。

生徒たちは呆然として息を呑み、一言も発せなかった。そのうちに、ミス・プールボーは感情が激したのか、

Go away! Go away!

と金切声で叫んだ。それに応じて、五人の生徒たちは立ち上がると、一言も発せずに粛々と講堂から出ていった。

りょうは、その様子を見て、

（あのことに違いない――）

と同学年の小平小雪から聞いていたことを思い出した。

宮城女学校はアメリカから資金が送られて経営されており、アメリカ人の女性が教鞭（きょうべん）をとっていた。このためすべてが西洋式の教育で、国語や漢文などの日本の伝統を重んじた教科に力が入れられなかった。

このことに矛盾を感じた小雪は、日本人の伝統を重んじた教育をしてほしいと英文で建白書を書いてミス・プールボー校長に訴えた。

小雪は旧角田（かくだ）藩士、小平元勞（げんろう）の子として生まれた。元勞は明治維新後、東京の警視庁邏卒（らそつ）（警察官）となり、明治十年の西南戦争では、警視庁警部補として出征した。

その後、元勞は北海道、札幌に移住、代言人（弁護士）となったが、明治十八年には北海道での拓殖事業の人材を育成するため、北海英語学校を創立、初代校主となった。

小雪はそんな父を持つだけに信念が強く、こうと思ったら一歩も退（ひ）かないところがあった。学校側では小雪の建白書を受け付けなかったが、小雪の行動を知った冬子たち四人の先輩が、

「わたしたちも同じ意見です。一緒に学校側に訴えましょう」

と言って集まってきた。

斎藤冬子は旧仙台藩士の娘で、長兄はイギリスの学者も及ばないほど天才的と言われた英語学者の斎藤秀三郎だった。

冬子も英語が抜群に優れ、しかも確固とした信念を持ち、毅然とした様子で、この時期、仙台で向上心に燃える少女たちの憧れの的だった。

五人は結束を固めて改革案を練り、何度も学校側と交渉した。学校側は頑として改革に応じなかったが、五人も決して引き下がらなかった。

しだいにミス・プールボー校長と五人の対立は先鋭化し、五人の行動は、

——学校ストライキ

だと見なされるようになった。

わが国でも初めての学園紛争である。こうして、ミス・プールボー校長は五人を学校から追い出したのだ。

事態が飲み込めたりょうは、即座に五人と行動をともにして宮城女学校を退学しようと決意した。もともと小雪から話を聞かされた時から意見を同じくして自分も同志のひとりだと思っていたからだ。

それにこれを機会になんとか上京して、憧れの明治女学校に入りたいという思いもあった。そのことを小雪に話すと、目を丸くして、

「それは素敵な考えだと思う」

と賛成してくれた。

実際、すでに結婚が決まっていた石川梅代と東京英和女学校（青山女学院）に進んだ尾花梅代をのぞく小雪と斎藤冬子、町田辰子は東京に出て明治女学校に入った。

りょうも続きたかったが、このころ父が亡くなり、上京の余裕が無かった。

父の死だけではなく、長兄が医師をめざして上京したものの不遇であり、二番目の兄は十八歳で病死、弟は骨髄炎で右足を切断し、療養していたが病死するなど、りょうの家庭には不幸が続いていた。

それでもようやく紹介してくれるひとがあって、明治女学校ではないもののフェリス和英女学校に入ることができたのだ。

明治二十六年三月に上京したりょうを上野駅で迎えてくれたのは、すでに明治女学校の学生となっていた小雪と辰子、そして冬子だった。


冬子と北村透谷の話は、間もなく小雪から聞いた。

ミッション系の宮城女学校から移った冬子の英語力は明治女学校でも図抜けていた。

だが、宮城女学校では教科書が限られていただけに、東京に出た冬子は幅広く勉強できることに感激し、特に文学に魅かれていった。

そんな冬子が傾倒したのが、まだ二十代の若い教師、北村透谷だった。

透谷は明治元年十一月十六日、小田原に生まれた。父親の快蔵は小田原藩医玄快の長男で、明治政府の官僚となり、大蔵省や郡役所、裁判所などに勤務した。

透谷は、本名を門太郎。

明治十六年九月、東京専門学校（後の早稲田大学）政治科に入学、のち英語科に再入学したが中退した。

透谷はこのころ、激情的な政治青年として、自由民権運動にのめりこんでいた。

だが、明治十八年、自由民権運動家の大井憲太郎が後に〈大阪事件〉と呼ばれることになる決起を企てた。

日本国内で密造した爆弾を朝鮮に持ち込んでクーデターを起こし、革命政権を樹立しようというのだ。しかもその軍資金獲得のため、強盗を行うことを計画した。透谷は参加を求められたが計画のずさんさと手段を選ばないテロリズムについていけずに運動から離脱した。

透谷は彼らの運動について後に恋人の石坂美那子への手紙で、

――放縦にして共に計るに足らざる
と冷静に書いている。だが、運動から離脱する際には頭を剃って盟友の前に現れ、その姿で漂泊の旅に出た。

同志を裏切ったという自責の念は透谷を生涯、苦しめることになる。

政治運動に挫折した透谷は、幻滅の時をおよそ一年余り過ごした。このころのことだろうか、透谷は八王子の遊郭に入り浸り、右の二の腕に、

――柘榴
の刺青をした。

このころ透谷は不屈な面差しに懊悩の翳りを宿していた。遊郭などで酔漢にからまれての喧嘩も繰り返し、無頼に似た激情を常に抱いていた。

透谷はうめき声をあげ、血を滴らせながら闇の迷路を駆けた。あるいは、獰猛なものを背負って生きていたのかもしれない。

二年後、三多摩自由民権運動の指導者石坂昌孝の長女美那子と熱烈な恋愛に陥った。

透谷は美那子を通してキリスト教に入信し、明治二十一年十一月には美那子と結婚した。

翌年二月、大日本帝国憲法が発布され、国民が歓喜に賑わう中、大阪事件の関係者も大赦により出獄した。

この時、透谷は長詩『楚囚之詩』を上梓した。自らがついに参加しなかった政治事件で囚われた国事犯の獄中での苦悩を謳ったのだ。

楚囚とは中国の春秋時代、楚の鍾儀が晋に捕えられた後も、楚国の冠をつけて故国を

わすれなかった故事にちなむ。透谷は、序文で、

――「楚囚の詩」が諸君の嗤笑を買ひ、諸君の心頭を傷くる事あらんとも、尚ほ余は他日是れが罪を償ひ得る事ある可しと思ひます

と書いた。この詩により、透谷はかつての同志との和解を望み、救済を得ようとしたのだろう。だが、透谷はこの詩を刊行後、すぐに後悔し、あわただしく回収した。なぜなのか。『楚囚之詩』の冒頭は、

曽て誤つて法を破り
　政治の罪人として捕はれたり、
余と生死を誓ひし壮士等の
　数多あるうちに余は其首領なり、
　中に、余が最愛の
　まだ蕾の花なる少女も、
　国の為とて諸共に
　この花婿も花嫁も。

と始まる。明治初期の社会運動家らしく、自己陶酔と甘やかなロマンチシズムに満ちている。だが、明治政府の弾圧はそのような詩的な感受性を許さない過酷なものだった。詩によって獄中の革命家の心情を謳いあげながら、透谷はその錯誤に気づいたのではないか。

透谷は救済を求めながら、すぐにそれが得られないと悟り、自己処罰の衝動に駆られる男だった。透谷はキリスト教に入信することで自らの道を見出そうとした。やがて『女学雑誌』に、

——恋愛は人世の秘鑰(ひやく)なり、恋愛ありて後人世あり、恋愛を抽(ぬ)き去りたらむには人生何の色味かあらむ

と始まる『厭世詩家と女性』を発表し、その恋愛観で世間に衝撃を与えた。冒頭の文章は島崎藤村を驚かせた。「恋愛は人世の秘鑰なり」とは「人世の鍵は恋愛にある」と言っているからだ。そして恋愛があってこそ、世の中はあるのだ、という。

透谷は、この評論で、

――恋愛を有せざる者は春来ぬ間の樹立の如く何となく物寂しき位地に立つ者なり、而して各人各個に人生の奥義の一端に入るを得るは恋愛の時期を通過しての後なるべし。夫れ恋愛は透明にして美の真を貫ぬく、恋愛あらざる内は社会は一個の他人なるが如くに頓着あらず、恋愛ある後は物のあはれ風物の光景何となく仮を去つて実に就き隣家より我家に移るが如く覚ゆるなれ。

と熱烈に恋愛を讃えた。

政治運動から脱落し、暗夜を彷徨した後、自らを見つめた透谷は恋愛至上主義を掲げるようになっていた。

そんな透谷が明治女学校の教壇に立ち、北国から自らの生き方を求めて上京した冬子と出会った。

ふたりはたちまち、恋に落ちた。冬子が出席したおりの透谷の授業はあたかも冬子ひとりに語りかけるかのようだった。

透谷は冬子の語学力に驚き、

「あなたは学者になるひとですね」

と言った。

冬子もまた、真摯に透谷に質問し、透谷はまたこれに答える。級友たちは固唾を呑むようにして、ふたりの問答を聞いて学んだ。

ある時、風邪を引いた透谷が授業中、鼻水をたらしそうになった時、冬子はすかさず懐紙を取り出して透谷に渡した。

透谷は自然に懐紙を受け取って鼻水をふき、授業は滞ることなく続いた。その様は、永年連れ添った男女のようでもあったが、級友たちは、ふたりの間にいかがわしいものを少しも感じなかった。

透谷と冬子の間には清浄なものが漂っていたのだ。

三

この時期、りょうはフェリス和英女学校に在籍していたから、透谷の授業や、冬子がどのような眼差し（まなざ）しを透谷に投げかけていたかを知らない。

りょうが冬子と再会したのは明治女学校に転校する前年、明治二十七年のことだった。フェリス和英女学校の授業になじめずにいる間にりょうは脚気（かっけ）を患って、しばらく横浜から仙台に戻っていた。

そんなおり、冬子が肺病にかかって、余命も危うくなり、仙台に戻ってくると友人から伝え聞いた。

（あの冬子様が、何ということだろう）

宮城女学校きっての才媛で、将来どのような人生を送るのだろうと羨んでいた冬子にこんな人生が待ち受けているとは、思わなかった。

りょうは愕然とした。

冬子の家族が汽車の一両を借り切って東京から冬子を連れ帰ってくると聞いて、りょうは仙台駅に駆けつけた。

りょうは目を疑った。

冬子は担架にのせられて列車から降ろされたのだ。そのまま、担架で運ばれていく冬子のそばにりょうは駆け寄った。

胸が張り裂けそうな思いだった。冬子はかつての面影がないほど痩せ、それでも肌は象牙のように透き通った輝きを持っていた。

「冬子様――」

りょうが涙ながらに声をかけると、冬子は微笑を浮かべて、

「よく来てくれたわねえ」

と小声で言った。

「冬子様が御病気になられるなど思ってもみませんでした」

りょうは担架の冬子にとりすがるようにして言った。

「しかたのないことなのよ、しかたのないこと」

冬子は空を見上げて繰り返して言った。

りょうはそれ以上、何も言うことができず、頭を下げて冬子を見送った。


冬子は家には戻らず、そのまま宮城病院に入院した。

りょうは毎日のように見舞いに行った。

日当たりのいい病室で冬子は静かに寝ていた。たまに目を覚まして、りょうがベッドのかたわらにいるのに気づくと、

「あなたは、何て友に忠実な方なんでしょう」

としみじみと言った。りょうは冬子の手を握って、

「そのことがおわかりなら、きっと元気になってくださいまし」

と言った。冬子は笑みを浮かべて答える。

「それは神様がお決めになることです」

「ひとの努力や思いは虚しいとおっしゃるのですか」

りょうは冬子を元気づけたいと思って懸命に言った。

「そんなことはありません。でも、懸命に努力し、真実の思いを抱きながら、なおも報われないひともいるのです」

どなたのことですか、と問いかけようとして、りょうは口をつぐんだ。

あれほどしっかりしていた冬子がたとえ病とは言っても、これほどまでに生きる気力を失うとは思えない、とりょうは思っていた。

(何か心の悩みがおありなのではないか)

東京で小雪から、冬子と透谷の恋愛を聞いていた。

透谷には美那子という妻がいる。ふたりは恋をしたとしても結ばれぬ仲である。そのことが冬子を傷つけ、苦しめたのではないか。

りょうはそのことを訊(き)きたいと思った。少しでも話せば、胸の重荷が軽くなり、快復するのではないか、そんな気がした。

だが、さりげなく訊いても、冬子は微笑(ほほえ)みを浮かべて、

「よくなったら話をするわ」

と言うだけだった。


この年、五月下旬、りょうは思わぬ知らせを聞いた。

五月十六日、透谷が芝公園(しばこうえん)の自宅で首吊り自殺したというのだ。二十五歳という若さだった。

その報が仙台に届いた時、冬子の周囲の人たちは、この知らせは冬子の死期を早める

に違いないから聞かせてはならない、と申し合わせた。

このことをりょうに知らせた友人も、

「冬子様にこのことを話さないで」

と真剣な表情で言い募った。冬子を知る誰もが、彼女を愛し、尊敬しており、守りたいと願っていたのだ。

冬子を案じるにつれ、りょうの胸には、なぜ、透谷は死んだのだろう、という疑問が渦巻いた。

そのわけを知っているのは、あるいは冬子だけなのではないか、と思った。

(冬子様は北村透谷先生の心を知っているはずだ)

透谷は冬子が病に倒れ、余命いくばくもないことを知って絶望したのではないか。

しかも、冬子が病を得たのは、自分とのかなわぬ恋ゆえの心痛のためだ、と悟ったのかもしれない。

透谷は『人生に相渉る(あいわた)とは何の謂(いい)ぞ』という文章で、

——吾人は記憶す、人間は戦ふ為に生れたるを。戦ふは戦ふ為に戦ふにあらずして、戦ふべきものあるが故に戦ふものなるを。

と述べて、人生は戦いなのだ、という考えを披瀝する一方で、

――彼の一生は勝利を目的として戦はず、別に大に企図するところあり、空を撃ち虚を狙ひ、空の空なる事業をなして、戦争の中途に何れへか去ることを常とするものあるなり。

勝利を目的として戦うのではない。大きな考えのもとに、空虚な戦いを繰り返し、やがていずこかへ去るのだとして、人生における戦いが、時に虚しい思いの内に、勝利を得ずに去らねばならないものだ、という虚無感も抱いていた。

りょうはそのことを何となく感じていた。透谷はひとの精神の淵まで歩いていかねば気がすまない男だ。

気がついて見下ろせば、断崖絶壁に立ち、底知れぬ闇を見つめている。そんな透谷に恋をした冬子の苦しさは、どれほどのものだったろうか、と思う。

透谷の死を冬子には決して知らせてはならない、とりょうは思った。

しかし、周囲の人々の心遣いも虚しく、透谷に遅れることわずか一カ月にして冬子は亡くなった。

冬子が透谷の死を知っていたかどうか、誰にもわからなかった。

冬子が亡くなったことを知ってりょうは病院に駆け付けた。

冬子は生前と変わらぬ美しさを保ったままベッドに横たわっていた。まわりには親族や友人が立って静かに冬子を見つめていた。

りょうは、ベッドの傍らに立ち、声を出さずに、

——冬子様

と呼びかけた。瞬間、冬子が口を開いた気がした。りょうの耳には冬子の言葉が聞こえてきた。

りょうさん、あなたには、

話さなければならないことが、いっぱいあります。

まず思って欲しいのは、

わたしが決して不幸ではないということ。

だから、涙は流して欲しくないのです。

わたしは十分に生きて、大切なものを得たのです。

それで、幸せなのです。

わたしは何度生きても同じような人生を歩むでしょう。

それがわたしなのですから。

冬子の遺体を清めようとしたところ、懐に何か入っていた。透谷が冬子に送った手紙だった。

それに気づいたりょうは、手紙をあらためようとはしなかった。透谷から冬子にどのような想い(おも)が綴ら(つづ)れていたかは、冬子だけが知っているべきことだった。

他人がふたりの想いの間に入ることはできない、と思った。

葬儀の間、りょうは涙を流さなかった。

冬子の声が天から囁く(ささや)ように聞こえていた。家族や友人の啜り(すす)泣きがさざ波のように伝わってきたが、りょうは目を見開き、口を真一文字に引き結んで、冬子の棺(ひつぎ)を見つめ続けた。

冬子は死んでなどいない、これから永遠の命を生きるのだ、と思った。

突然、からから、と音がした。

棺を火葬場に運ぶため葬儀場から運び出そうとした時、空から、

——雹(ひょう)

が降ってきたのだ。雹が棺にあたって音を立てた。

りょうは驚いて空を見上げた。

雲があるものの、抜けるような青空ものぞいている。りょうは青空に冬子の面影を見た気がした。

冬子の葬儀が終わった後、りょうは、フェリス和英女学校を退学し、明治女学校に入ろうと決意した。

冬子が何を思って生きたのかを知りたかった。

四

りょうは緊張した。

廊下の足音が近づき、教室に羽織袴で美髯(びぜん)を生やした男がぬっと入ってきた。男は目を輝かせて、

「あなたが星りょうさんですか」

と訊いた。りょうは椅子から立ち上がって、

「さようでございます」

とはっきりした口調で答えた。

「そうですか。わたしが校長の巌本善治です」

柔らかな言葉つきで巌本は言った。文久三年（一八六三）生まれで、三十二歳になる。

巌本は、社会改革に興味を抱き、はじめは中村正直の同人社に学び、さらに津田仙の学農社農学校に入って『農業雑誌』に携わった。この雑誌の同僚が『女学雑誌』を創刊したものの、間もなく急逝したため巌本が引き継いだのだ。こうした巌本を知るひとは、潔癖なまでに、

——真摯

な人間である、と評した。だが、巌本は晩年、毀誉褒貶に包まれる。

島崎藤村は、巌本をモデルにしたとされる『黄昏』という小説の中で、かつて啓蒙家でありながら転落して社会から指弾されるようになった主人公について、

——社会から捨てられるやうな辛い目に逢ふものは、いづれ一度は可愛がられた人だ。実に彼の生涯は、正義と汚濁と、美しいことゝ悲しいことゝの連続した珠数のやうである。

と書いている。「社会から捨てられるやうな辛い目に逢ふものは、いづれ一度は可愛がられた人だ」という言葉には、かつて憧れのひとだった巌本への藤村の嫉妬と憎悪がうかがえる。

〈真摯の人〉であった巌本が、なぜ晩年、このように貶められたのか。女性関係のため

だ、とされるが、よくわからない。

いずれにしても、巌本はこの時期は、〈真摯の人〉としての歩みを始めたばかりだった。

「あなたのことは斎藤冬子さんから聞いていました」

巌本の言葉を聞いて、りょうは目を瞠った。

「冬子様がわたしのことを先生に話していたのですか」

「はい、あなたはアンビシャスガールだと」

仙台の日曜学校でつけられたあだ名を冬子が知っているとは思わなかった。

「冬子様はわたしのことをどうおっしゃっていたのでしょうか」

りょうは巌本をひたと見つめて訊いた。

「わたくしの志を継ぐひとだ、と言っていました」

「志を継ぐ？」

「そうです。斎藤冬子さんは自分らしく生きたいと思ったひとだと思います。それに足るだけの才能と学問もあった。だが、北村透谷君との恋に落ちた」

巌本は惜しむように言った。

りょうは息を呑んだ。

「そのことがいけなかったのでしょうか」

透谷の恋愛至上主義は間違っていたのだろうか。女を不幸にするだけのものだったのだろうか。

巌本はゆっくりと頭を振った。

「北村君は世に先駆けた天才です。彼の考えたことが正しかったか、間違っていたのか、わたしにはわからない。いや、後世のひとにもわからないかもしれない。ただ、彼は大きな考えを抱き、そのために流星のように燃え尽きた。斎藤冬子さんは、恋をしたがゆえに、その炎に身を投じて命を失った」

「それでは、まるでふたりは――」

りょうはため息をついた。

「時と場所は違っても、ふたりは心中したのではないか、とわたしは思っています」

巌本は荘重な声で言った。

「それは、とても悲しいことです」

りょうは唇を嚙んだ。巌本は笑みを含んだ声で訊いた。

「たとえ、あの世ででもふたりの恋が成就したのならば、それでよかったとは思いませんか」

激しく頭を振ってりょうは答える。

「わたしには、そうは思えません。やはり生きてこそ、だと思います。生き抜いて何事かをなしてこそのひとなのだと思います」

　りょうは家族のことを思い出していた。

兄や弟は不運や病で思うように生きることができないでいる。ひとがまずなさねばならないのは、生きるための努力ではないだろうか。

たとえ、恋愛によって、天上の至福が得られるにしても、わたしはそれを得ようとは思わない。

「では、あなたは恋を欲しないのですか」

　巌本は興味深げにりょうを見つめた。りょうは唇を嚙んでしばらく考えてから、きっぱりと答えた。

「身を亡(ほろ)ぼす恋はわたしにはいりません」

　巌本は莞爾(かんじ)として笑った。

「この明治女学校には、全国から夢と希望を抱いた女性たちが集まってきます。その中には、あなたのように大志を抱いて巣立つひともいれば、斎藤冬子さんのように恋に身を焦がすひともいるでしょう。どちらが正しいともわたしには言えません。蝶として飛び立つあなた方を見守るのがわたしの役目ですから」

　巌本の言葉を聞いてりょうは頭を下げた。

「よろしくお願いいたします」

明治女学校に入学できてよかった、と心から思った。

巌本はうなずくと、

「北村君には『蝶のゆくへ』という詩があります。ご存じですか」

知らない、とりょうが答えると、巌本は低い声で詠じた。

舞ふてゆくへを問ひたまふ、
　心のほどぞうれしけれ、
秋の野面をそこはかと、
　尋ねて迷ふ蝶が身を。

行くもかへるも同じ関、
　越へ来し方に越へて行く。
花の野山に舞ひし身は、
　花なき野辺も元の宿。

前もなければ後もまた、

「運命(かみ)」の外には「我」もなし。

ひら〳〵と舞ひ行くは、
　夢とまことの中間なり。

巌本が口にする詩を聞くうちに、りょうは心が晴れていくのを感じた。これからどのようなひとたちに会っていくのかわからない。

しかし、その出会いこそがわたしの人生そのものなのだ、と思った。

ふと見ると、窓枠に止まっていた黒アゲハ蝶がゆっくりと青空に舞い上がった。

第二章　煉獄（れんごく）の恋

一

星りょうは退屈していた。

明治女学校の教室である。いましがた始まった英語の講義がまったく面白くないのだ。英文科の教師の名は、島崎春樹（はるき）という。今年、二十三歳。

「島崎先生は、燃え尽きてしまったのだから、しかたないわ」

そうは思ってみるのだが、もともと端整で知的な容貌の若い男がくすんで目に光がなくなった様子を見ると、嘆かわしい思いがしてくる。

（恋ってもっとひとをきれいにするのではないかしら）

りょうはそう思うのだ。しかし、島崎春樹は違うようだ、と少し軽んじる気持がりょうにはあった。春樹は去年から、

——島崎藤村

という筆名で詩を書いているらしい。しかし、その筆名にすら未練がましいものがある。〈藤〉の一字は明治女学校でも美しさと聡明（そうめい）さで知られた、

——佐藤輔子(さとうすけこ)

の姓からとったと生徒たちの間で噂されていたからだ。

りょうは佐藤輔子のつぶらな瞳の顔を思い浮かべた。

輔子は、岩手県花巻(はなまき)の生まれだから北国の女らしく色が白く、頬が桜色をして、大きな潤いのある目がとりわけ印象深かった。背もすらりとして、校内を歩いているのを思わず見惚(みと)れるほどだった。

ところで藤村は一度、明治女学校を辞めている。友人に、

——万里の旅に死すべき覚悟に御座候(ござそうろう)

と気取った手紙を出し、大津(おおつ)、京都、高知へと漂泊の旅に出た。ちょうど文学仲間たちと『文学界』を創刊しようとしていたときだけに周囲を驚かせた。

その後、どこにいるともわからなかったのだが、今年の四月にふらりと舞い戻ってきたのだ。

りょうが藤村を見たのはこのときが初めてだが、かつて青年教師として生徒たちの人気を集めていた藤村はすっかり生彩を欠いており、授業も暗い顔をして、ぼそぼそとつぶやくだけで面白みがなく、口の悪い生徒は、

——石炭がら

などと陰口を利いた。

りょうは頬杖をついて藤村を見つめる。

藤村の頬は時折り、神経質に震え、声はかすれていまにも消え入りそうだ。

「今日はここまでにします」

藤村は突然言うと、授業を終えた。この一瞬、藤村はさっと顔をあげて教室を見わたした。

りょうは、はっとした。そう言えば、この授業には輔子も出ているのだ。

りょうが初めて、講義室に入ったとき、友人から教えられて輔子の顔を盗み見た。そのときは藤村が熱烈に片思いをしたのだ、と聞かされていた。

ふたりが出会ったのは三年前の明治二十五年（一八九二）九月。藤村が明治女学校の英文科教師となった年だった。

藤村、二十歳。輔子はひとつ上の二十一歳だった。

藤村は輔子を好きになり、何とか振り向かせようとしたが、故郷に婚約者がいる輔子は断固として受け付けなかったのだという。

そう思って見たせいなのか、輔子は落ち着いて自信ありげだった。

（輔子様は島崎先生の恋をご存じだったのだろうか）

知っていたはずだが、それでも輔子には神々しいまでの清らかさがある。りょうはそう思った。

このときも、輔子は藤村の目を避けるでもなく、普通の学生が熱心に教師を見つめるような視線を送っていた。

藤村は、木曽の中仙道の馬籠宿で本陣と問屋、庄屋の三役を兼ねた島崎家に生まれた。馬籠は木曽十一宿のひとつで、美濃路の西側から木曽路に入ると最初の宿場である。藤村は兄や姉がいる七人きょうだいの末っ子だった。島崎家は旧家だったが、藤村が生まれたころ、家産は傾いていた。

藤村は九歳のときに、長兄に連れられて上京。親類に預けられ、泰明小学校や明治学院で学び、英語の教師になった。洗礼を受けてクリスチャンにもなっていた。

一方、佐藤輔子は、岩手県の役人で後に代議士になった佐藤昌蔵の五女として生まれた。佐藤家では輔子を大切に育て、十五歳のころには、親戚筋の鹿討豊太郎と婚約していた。

輔子がこの婚約を嫌がった形跡は無い。良家の子女として、輔子は親の命に従った人生を歩もうとしていた。

藤村と輔子の間には、決して皆が言うような恋愛はなかったのだろう、とりょうは思っていた。

味わっていた。

◇

藤村は、教室の一番後ろから自分を見つめる輔子の視線を感じて怯(おび)えにも似た感情を味わっていた。

輔子はどうして、あのような目でわたしを見ることができるのだろうか。恐ろしくはないのだろうか。

藤村はのどの渇きを覚えた。同時に輔子を求める衝動が自分の中でいまも熾烈(しれつ)なのを感じた。

それは二年前、この学校を辞職するまで、自分を毎夜のように苦しめたものだった。初めて輔子を見たとき、藤村は胸が高鳴り、詩想湧くがごとくだった。後に藤村が、

——初恋

と題して発表する詩はこのとき、胸中で成っていた。

まだあげ初(そ)めし前髪の
林檎(りんご)のもとに見えしとき
前にさしたる花櫛(はなぐし)の

花ある君と思ひけり

やさしく白き手をのべて
林檎をわれにあたへしは
薄紅(うすくれない)の秋の実に
人こひ初(そ)めしはじめなり

わがこゝろなきためいきの
その髪の毛にかゝるとき
たのしき恋の盃(さかづき)を
君が情(なさけ)に酌みしかな

林檎畠(ばたけ)の樹(こ)の下(した)に
おのづからなる細道は
誰(た)が踏みそめしかたみぞと
問ひたまふこそこひしけれ

だが、この清冽(せいれつ)で芳醇(ほうじゅん)な詩とは裏腹に、輔子と出会って藤村が知ったのは、恐ろしいほどの情欲だった。

もちろん、藤村も少年のころから兆した欲望に鈍感だったわけではない。

身の内から湧いてくる欲望に打ち勝ちたいと思い、勉学に励み、わけても文学に自らの思いを昇華させようとした。さらにはキリスト教の教えを学び、常に魂の浄化を求めた。

それができつつある、と自分では思ってきた。

夜に欲望が襲い掛かるとき、藤村は外国語の原書を読み、詩想に思いをめぐらした。自分の魂が求めているのは、獣のようなみだらな衝動ではなく、精神の高みに駆け上る進化でなければならなかったからだ。

しかし、輔子を知ってから、藤村は自分の胸の奥底に炎が点じられたのを感じた。それは自らを焼き尽くす、熾烈な執着だった。

藤村は最初、それを認めたくなかった。

自分は純粋なる愛を求めているのだ、と思った。欲望のゆらめきは青年にありがちな、刹那的な眩惑(げんわく)に過ぎない。心を静めれば、清浄なるものが見えてくるに違いない、と思った。

だが、違った。

教室で輔子を見かけるたびに、遠くてもかぐわしい匂いを感じてしまう。それは藤村の神経を末端まで陶然とさせてしまうものだった。輔子の美しい顔やすらりとした立ち姿を見るたびに情欲が体中を駆け巡るのを感じた。血の流れが欲望の奔流にとってかわられたような気がした。

そんな時、藤村は下宿を訪ねてきた北村透谷に冗談を装って話しかけた。

藤村と透谷は、同じ数寄屋橋（すきやばし）の泰明小学校の卒業生だった。四歳年上の透谷とたがいを知り、藤村が交際したのは長じて文学仲間となってからの三年ほどだ。

透谷の自殺後、書き散らされていた原稿をまとめて『透谷全集』をつくったのは、藤村である。

藤村が透谷に話してみようと思ったのは、恋愛を至上のものであるかの如く、透谷が論じるのをしばしば聞いていたからだ。さらに、

——恋愛は人世の秘鑰なり

という書き出しで始まる評論も読んで呆然とした。藤村は後に、『桜の実の熟する時』という小説の中で、自らを仮託した主人公、捨吉に、

——これほど大胆に物を言った青年（わかもの）がその日までにあろうか。すくなくも自分等の言

おうとして、まだ言い得ないでいることを、これほど大胆に言った人があろうか。捨吉は先ずこの文章に籠る強い力に心を引かれた。彼の癖として電気にでも触れるような深い幽かな身震いが彼の身内を通過ぎた。

と語らせている。藤村は透谷の恋愛論に電気にふれたような衝撃を受けたのだ。透谷によれば、恋愛は男女を高め、あたかも清浄なる雪が降り積もる高き峰への道をたどるが如きものだった。

もっとも藤村は透谷という文学仲間の男が少し、苦手だった。ある文章で透谷について、

――不羈磊落

と書いているが、一方で、透谷の激しい性格が、

――或る人々から誤解されたり、余り好かれなかったりした

ともしている。透谷はある時は自分を東洋の救世主であると自ら任じ、ある時は大哲

学家となって、欧洲の学者を驚かせようと考えるなど壮大なことを口にしながら、何かにつまずくと、急激に落ち込んだりした。

そして自らを尊しとするあまりの芝居がかった振る舞いに常に一抹の嫌悪を感じていたのだ。

そんな気持は伝わるのか、透谷は藤村が恐る恐る、

「情欲はどうしているのか」

と問うたことに対して冷笑をもって報いた。

「そんなものは、どうとでもなる」

「どうとでもなる？　わたしにはそんな簡単なものではない。精神の闇を覗(のぞ)いたような煩悶(はんもん)がある」

藤村が言うと、透谷は口をゆがめた。

「遊郭があるじゃないか」

「娼妓(しょうぎ)を買えというのか。それは不純だ。そんなことをすれば、地獄に落ちるのではないか」

藤村が言うと、透谷は笑った。

「君は偽善者だよ」

藤村は顔をそむけた。

「もういい、君に訊こうと思ったのが間違いだった。君にはわからない話のようだ」

透谷はからりと笑った。

「君が訊きたいことへの答えは簡単だよ。恋愛は男にしてみれば、堕落という煉獄を抱くようなものだ」

藤村は憤然とした。

キリスト教によると、煉獄とは天国に行けず、地獄にも落ちなかった人間が行く場所だという。煉獄でひとは〈清めの火〉を待つが、天国に行けるとは限らないのだ。

「君は女性が煉獄だというのか」

「女にとっては男が煉獄だろうね」

透谷はうめくように言った。

「そんな馬鹿な。君の恋愛論はそんなものではなかったはずだ。良家の子女にそんなみだらな真似(まね)はできない」

藤村が激しく首を横に振ると、透谷は、

「恋愛は男と女がたがいを煉獄に突き落とすことだよ、それができないのなら恋愛などやめておくことだ」

とつめたく言い放った。

そうか、わかった、わたしは恋愛などしない、と透谷の顔に叩(たた)き付けるように言いたかったが、藤村にはそれができなかった。

透谷には異様な気魄(きはく)があり、正面切って異論を唱えるのをためらわせるところがあった。藤村が唇を噛んで黙っていると、透谷は不意に右腕の袖をまくった。

藤村ははっとした。

透谷の右の二の腕には、

——柘榴
の刺青があった。それは鮮やかな刺青というよりも、禍々(まがまが)しい、むき出しの赤と青色が混じった傷そのままのようですらあった。

「それはどうしたのだ」

藤村は眉をひそめて訊いた。まるで市井の無頼ではないか、と思った。透谷は薄く笑った。

「くだらないことだが、ひとは時にこんなところまで追い詰められる」

「わたしには、わからない」

藤村は頭を振った。

「そうだろうな。しかし、恋をするとは自分の心と体に罪を刻み付けることだ。その覚悟が無ければ恋などできはしない」

透谷の言葉に藤村は息を吞んだが、あえぐようにして言葉を発した。

「そんな恋をしたら、男と女はどうなるのだ」

「亡ぶさ。男も女も――」

　透谷は陰鬱に目を光らせて言った。

二

　透谷が言った恋の話はまるで近松の心中物の話だ。この文明開化の明治の御代に何という黴臭い話を持ち出すのだ、と藤村は嗤おうと思った。

　だが、嗤えない。

　藤村自身の中で荒れ狂う欲望は輔子を崇め、いとおしむというよりも、辱め、虐げようとするものではないか。そうではない、と思うものの、夜が更けて寝床で輔子を思うとき、藤村の胸中に浮かぶのは放恣な妄想の類だった。

　自分はそんな男ではない、と思うにつれ、藤村はやつれていった。それでも目だけは輝き、教室に行けば、ひたすらに輔子の笑顔と視線を、渇した者が水を求めるように欲してやまなかった。

　そんな矢も楯もたまらない気質は父に似ているのではないか。

　馬籠宿の本陣と問屋、庄屋をかねていた父の正樹は幕末から御一新の世を生きた。

国学者平田篤胤の没後の門人だった。

維新後には戸長、学事掛、教部省考証課雇員などを務めたが、明治七年、天皇の輿に憂国の歌を書いた扇子を投げて不敬罪に問われた。

なぜ、天皇の輿に扇子を投げるなどという暴挙をしたのか。正樹はそのことを藤村にはついに語らなかった。

その後の正樹は飛騨で宮司となったが絶望のふちに追い込まれ、心を病んで幻を見るようになった。そして、故郷の寺に火を放つ事件を起こして、実家の座敷牢に幽閉された。

正樹は、病みおとろえ、

「わたしはおてんとうさまも見ずに死ぬ」

と言い残し、座敷牢で五十五歳の生涯を閉じた。

藤村が十四歳の時だった。

暗く閉ざされたような正樹の生涯は得体の知れない情熱が蠢いていたように思える。

藤村は自分の中にも父に似た、後先を顧みない眩惑めいたものがあると感じていた。

それでも、授業において藤村は怜悧で繊細にふるまい続け、学生たちから、いや、輔子の讃仰の眼差しを浴びた。

そのうちに、藤村は輔子が詩を好むことを知った。

授業中、さりげなくT・S・エリオットの詩を口遊み、いつか下宿に来れば原書を貸してやろうと告げた。

輔子の輝く目を見て、藤村は内心、罪の予感に戦いた。自分は何をしているのだろう、と思った。このころ、藤村は、明治女学校に通うため、神田仲猿楽町九番地から牛込区赤城元町三十四の下宿に移っていた。

輔子を誘って何をしようとしているのか。自分をひどく責めた。エリオットの原書を貸すと約束しながら、次の瞬間にはひどくつめたい顔になって突き放すような言葉を輔子に発した。

輔子が驚き、自分に何かいたらないことがあったのだろうか、と思い惑うのを見て藤村は喜んだ。輔子が自分を敬い、ひょっとしたら男として好もしく思っている証だ、と考えた。

藤村は常に何かに苛立ち、そうかと思うとたわいなく喜び、不意に悲しんだ。

思い浮かぶ詩句が豊かになり、詩のもとになる感情があふれ、その癖、絶望が足早にやってきた。

何物にも代え難いほどの濃密な時間が流れながら、手にしているものは何もなかった。

藤村は、もはや、輔子のことはあきらめようと思った。

そんなとき、教室でよく輔子のまわりにいる友人らしい学生が藤村に声をかけてきた。

廊下を曲がったところで待ち受けていたらしい学生は思いつめた表情で藤村の前に立った。

学生は、諏訪より子だと名のった。

より子は小柄で目立たない地味な学生だった。おとなしそうで自分の意志で何事かするようには見えなかった。

より子はうつむいたまま、懐から取り出した小さな紙片を藤村に手渡した。

「これは何だね」

まさか、恋文ではないだろうが、と思いつつ紙片を握ったまま言った。より子は小さな声で、

「そこはわたしの父が持っている貸家ですが、いまは誰も住んでいません。明日の夜、そこに来ていただきたいのです」

と言った。いまにも消え入りそうなより子の様子を見て、藤村は声に威厳をこめた。

「その家に行ってどうするのだね」

「佐藤輔子さんがお待ちしています」

より子の声はさらにかすれて聞き取り難くなった。

「何を言っているんだ。どうかしているよ、それではまるで男女の密会みたいじゃないか。わたしはそんな不謹慎なことはしない」

藤村はできるだけ、毅然として言ったが、声に力はなく、どこかうわずっていた。

より子が顔を上げて、不思議そうに藤村を見た。

「先生が佐藤さんに英語の本を貸してあげるとお約束されたのでしょう。ですけど、殿方の下宿をお訪ねするわけには参りませんから、ご本をお借りする場所として、わたしの父の持ち家をお貸しすることにしたのです。先生はご本をお持ちくだされればそれでいいのです。何かおかしいことでしょうか」

何げなく言われて、藤村は赤面した。

自分が考えすぎたのだ、と思った。より子は、父親が銀行の頭取で資産家なのです、と恥ずかしそうに言った。貸家の一軒ぐらい、娘が使ってもどうということはないのかもしれない。

それでも、気になるので、念を押した。

「学校に持ってきて渡してもいいのだよ」

より子は首をゆっくり横に振った。

「学校中の噂になります。困るのは先生です。それに原書ですからお借りするときに説明していただかなければ、中身がわかりません」

小さいながらもより子の声にはきっぱりとした響きがあった。それだけに、藤村は、気圧（けお）されたように、

「わかった。明日の夜、持っていけばいいのだね」

と答えていた。

当然、君も一緒にいるのだろうね、と言おうと藤村は思ったが、なぜか口をつぐんだ。輔子だけでなく、より子もいるのだ、と思い込んでいたことにした方が都合がいいという気がしたからだ。

たとえ、どのような理由があろうとも、年頃の男女がふたりだけで会うのならば、それは密会ということになる。

まさか、ふたりだけになるとは思わなかった、という言い訳は用意しておかねばならなかった。

より子が去った後、藤村は紙片を開いて驚いた。

紙片に書かれている住所は藤村の下宿のすぐ近くで、日ごろ明治女学校に通うために歩いている道沿いの板塀に囲まれた二階建ての家のようだった。

(あの家に行くのか)

謎めいた誘いが藤村の胸をときめかせていた。

翌日――

藤村は約束の時刻になって、より子の紙片に書いてあった住所の家へ行った。玄関に立ち、声をかけたが、中から返事はなかった。

不審に思いつつ、格子戸に手をかけると、がらりと簡単に開いた。

「お邪魔する」

藤村はなおも声をかけながら中に入った。すると、奥座敷にぼんやりと灯り(あか)が灯(とも)っているのが見えた。

より子に招かれているのだから、と思い、藤村は奥座敷に進んだ。

ランプが座敷を照らしていた。

座敷の真ん中に銚子(ちょうし)と杯、肴(さかな)の皿がのった箱膳があった。そのかたわらに紙片が置かれている。

藤村は紙片をとってランプの灯りにさらしてみた。やさしい女文字で、所用ができたので、遅くなります、お腹(なか)がすかれているのではないかと思い、用意いたしました、と書かれている。

酒を飲んで待っていてくれ、ということらしいが、まるで待合で芸者を待つような塩(あん)梅(ばい)だな、と藤村は首をかしげた。

輔子のような名家の娘の気遣いとはとても思えない。だが、より子なら、このようなこともするかもしれない。小柄でおよそ目立つところがないより子だが、内面はおとなびて男のあしらいも知っているのだろうか。

藤村は座って抱えてきたエリオットの原書をかたわらに置き、銚子を手にすると杯に注いだ。酒を口に含むと陶然とした思いが湧いてきた。

輔子のことを思い浮かべた。

透き通るような肌と黒いつぶらな瞳をあたかも眼前に見るような心地がした。いつのまにか箸を肴に走らせ、杯を重ねていた。

女学校の生徒と会うのに、酒を飲むのは慎みが無さすぎると思ったが、世間の目を逃れた隠れ家のような家にいるのだ、という思いが藤村を大胆にしていた。

しばらく時が過ぎた。

はっとして藤村は目覚めた。

いつの間にか畳の上で横になってうたた寝をしていたようだ。

さほど、酒を飲んだわけでもないのに、頭がずきずきと痛んだ。

すると、故郷の街道沿いに馬方たちがよく酒を飲んでいた〈テッパ台〉を思い出した。

店の中で長い板を横にして、そのうえに茶碗などを置き、てんでに酒を飲む。

荒くれで汗臭い男たちが赤黒く光る肩や腕をむき出しにした姿であおるように酒を飲んでいく。

その光景が脳裏を過ったとき、藤村は言いしれない不安に襲われた。なぜだかはわからない。

ただ、見てはならないもの、ぞっとするものだ、ということは知っていた。

藤村は立ち上がった。

ランプの灯りが小さくなりながらもあたりを黄色く照らしていた。不意に天井から声が聞こえてきた。

——先生
藤村を呼ぶらしい女の声だった。

輔子だ。

藤村は薄暗い天井をうかがった。再び、

——先生
という声がした。

輔子は二階にいるのだ、と思った。ランプに近寄って手で持ち上げ、灯りを頼りに階段を探した。

ようやく階段が見つかるとランプを掲げ、あたりを照らしながら上がっていった。灯りがゆらめき、壁に藤村の影が大入道のように映った。

階段を上りきって、ランプを畳の間に通じている板敷に置いた。

灯りはさらに小さくいまにも消えそうになっていた。二階の座敷は六畳が二間あるだけだった。

黄色く照らし出された奥の部屋を見て藤村はどきりとした。布団が敷いてある。

今夜はここに泊まれるように支度してあるのだろうか。まさか、と思いつつ、藤村は座敷に足を踏み入れた。

布団が敷かれた部屋の隅に〈ひさし髪〉で着物姿の女が座っている。薄暗がりの中でも背筋がすっきりと伸びているのがわかった。

（輔子だ――）

藤村は息が止まりそうになった。布団が敷かれた部屋で輔子がひとり待っているのはなぜなのだろう。心臓が早鐘のようにどきどきするため、何も考えられない。

だが、足を踏み出せない。薄暗い座敷が怖かった。

精神に異常をきたして座敷牢で死んだ父のことが思い出された。父と同じ闇に堕ちるのか。

薄暗い部屋が藤村には座敷牢そのものに見えた。

輔子に近づくのはそういうことではないか。しかし、輔子の美しさへの思いが違うことを藤村に思わせた。

（輔子は闇ではない。光だ――）

自分に言い聞かせた時、またもや、

――先生

という声がした。

藤村はまるで催眠術にでもかかったかのように、ふらふらとしながら足を踏み出し、隣の部屋へと入った。

それからのことは、覚えていない。

三

覚えていないだと、馬鹿を言え。

そんなことはない、あの夜のことは、はっきりといまも隅々まで思い出せる。だが、それを心の中でねじ伏せてきただけだ、と教室を出ながら、藤村は思った。恐ろしいほどの快楽と愉悦があった。

藤村が飲み干した杯にあふれていたのは、濁りのない、ひたすらに熱くひとを酔わせる、

——血
だった。血に紅く染まるにつれ、体中に歓喜が走ったのだ。しかし、それは満足とは程遠いものだった。

砂漠で渇するあまり、海水を飲んだように、どれほど汲もうとも欲望の井戸はつきず、

永遠の劫火に焼き尽くされる思いだった。

それでもやがて、終わりがくる。不意に奔流に巻き込まれ、眩暈がしたかと思えば、静寂な闇へと落ちていった。

あの夜、藤村は女と過ごしたまま、不覚にも寝入ってしまった。

朝、起きたら、誰もいなかった。

何の書き置きもなかった。

そのときになって、藤村は激しく後悔し、不安になった。女学校の教師が生徒と一夜を過ごすなど、何という破廉恥なことだろう。

このことが世間に知られれば、明治女学校の教職を追われるだけではすまない。糾弾され、父のように追い詰められていくに違いない。

たどりつくのは、父が閉じ込められていたのと同じ座敷牢ではないか。

恐ろしい、恐ろしい。

藤村の脳裏に〈テッパ台〉で酒を飲む荒くれた男たちの姿が浮かんだ。卑猥な冗談でたがいを貶め、しばしの哄笑を得ようとする男たち。ひととおりの悪口が過ぎた後は、他人の醜聞を暴き出す卑しい顔があった。

藤村は震えあがって旅に出ることにした。教師が急にいなくなって迷惑をかけないように、北村透谷を替わりの教師として紹介した。

それだけに、透谷が去年、五月に自死したと聞いて愕然となった。

「亡ぶさ。男も女も――」

翳りを帯びた表情でそう言っていた透谷を思い出した。藤村はあらためて、透谷に、

――恋愛は人世の秘鑰なり

という言葉の意味を問いたい気がした。

恋愛が人生にとって重要だとしても、それはいい結果をもたらすものなのか。それとも悲惨な結果をもたらすのか。

はたして、どちらなのだろう。

いや、藤村の場合はどちらでもなく、宙吊りの煉獄だと透谷は言いたかったのかもしれない。だが、もし、そうだとすると、その生ぬるさもまた、地獄なのではあるまいか。

(わたしは一生、そんな道を歩くのかもしれない)

藤村の胸に苦い思いが湧いた。

透谷は明治女学校の教師となって、生徒と関わりを持ち、自殺したのではないかと思った。

(わたしの身代わりとなって死んだのだろうか)

そうは思いたくなかったが、透谷が斎藤冬子という学生と恋愛していたという噂を聞くと心が落ち着かなかった。

透谷は自分が逃げ出した道をまともに歩んで死を選んだのかもしれない。

透谷が死んでしばらくして、藤村は透谷が以前住んでいた京橋鎗屋町の家に行ったことがある。透谷の妻から遺された原稿類の整理を頼まれたのだ。

透谷が遺していた葛籠を開けてみると、種々の反古や、書き掛けたものが、いっぱい出てきた。

透谷は見かけによらずどんな書き損じでも大事にとっておく性格だった。それは生きることへの執念そのものだったかもしれない。

(こんな男が自ら命を絶つにいたった心境はどんなものだったのだろう)

藤村は読み進むにつれて、透谷の歩いてきた道筋がわかるような気がした。悩み、苦しんでも決して透谷は歩み続けた道から逃げなかった。そして、死ぬ三、四年前から文章が光を放ち始めているのがわかった。

(恋愛をしていたからだろうか)

そんなことを思った。

なるほど、自殺という結末は透谷が何者かに負けたかのようにも思えるが、それほど果敢に闘ったということでもあるのだろう。それに比べて自分は世の中から指弾されることを恐れて逃げてしまった。

恋愛を語る資格などない、と思うのだが、それとともに近頃は疑念に悩まされていた。

それは、あの時、藤村を待っていた女は誰なのだろうということだった。

輔子だと思い込んだのは、軽率だった。

薄暗がりの中で顔もはっきりとたしかめなかったのは、心が動揺し、あるいは歓喜のために目が眩んでいたのだろう。

いまになってみれば、輔子が何の話もなく、ただ藤村と結ばれることを願ったとは思い難い。藤村でさえ、おびえて旅に出てしまったほどのことが、女の身として不安でなかったはずがない。

それなのに輔子はかつてとまったく同じ様子で学生を続けている。

あの女は誰だったのか。

もしかすると、諏訪より子かとも思ったが、体つきが違うように思える。輔子のまわりには、より子だけでなく、何人もの友達がいた。

その中に輔子に似たすらりとした体つきの学生は見当たらない。

だが、いまさら輔子にどうやって声をかけたらいいのかもよくわからない。煩悶するうちに、藤村は星りょうという学生のことを思いついた。

りょうは藤村の授業が退屈らしく、いつも頬杖をついて聴いている。ある時の授業で、藤村が、

「この授業は面白くないかね」

と訊くと、りょうは即答した。

「面白くありません」

藤村は苦笑して、

「では君にはやらねばならないことができたことになる。どんな授業でも面白くなるかどうかは学生しだいだよ。君はほかの学生たちも皆、面白く思えるような質問を考えてきなさい」

と言った。りょうは、うなずいて、

「いまの話は少し面白かったです」

と言ったが、それ以降の授業でも質問しようとはしなかった。ぼそぼそと講義していた藤村が、不意に、

「ところで、星君、何か質問はないかね」

と水を向けても、頭を振るだけで頑固に口を開こうとはしなかった。

りょうは、はっきりとした気性でどのようなことでもためらわずに向かい合うようだ。りょうに頼んで、輔子に訊いてもらえばいいのではないか。

（それがいい――）

藤村は白い額にかかった前髪をかきあげた。

◇

りょうが島崎藤村から、佐藤輔子に訊いて欲しいと頼まれたのは、数日後だった。

この日、藤村は、教師の控室にりょうを呼んで君を見込んで頼みたいのだ、と重々しく言った。りょうは首をかしげて、

「佐藤輔子様にお訊きになりたいことがあれば、ご自分でなさるべきだと思います」

とそっけなく言った。何の面白みもない授業をしている教師の言うことを聞く気にはなれなかった。

藤村は陰気な表情で、

「そうは言わないでくれ。君しか頼めるひとはいないのだからね」

と言葉をかさねた。教師である自分が頼むのだから、りょうは聞くしかないはずだ、と思い込んでいるようだった。

りょうは、ため息をついた。

「わかりました。では、何をお訊きすればよいのでしょうか」

藤村は満足げにうなずいた。

「諏訪より子君のことだ。二年前、彼女は佐藤君の頼みを果たしたのだろうか、と訊い

てくれ、それでわかるはずだ」

　諏訪より子が輔子の頼みで藤村をあの家に呼んだとわかれば、あの夜の女は輔子だったのではないか。そうなら、あらためて輔子にいまの気持を訊けばよいのだ、と思った。

　りょうは頭を下げると教師控室を出た。そして学校の中を探して南の教室に数人の友人たちといる輔子を見つけた。

　りょうは大輪の花のような輔子に近づくと、名のってから声をかけた。

「佐藤様、わたしはあるひとに頼まれてお訊きしたいことがあるのですが、よろしいでしょうか」

あるひと、という言葉に意味ありげに少し、力を込めた。それだけで輔子は察したらしく、

「何でしょうか」

　と微笑して答えた。声に清雅な響きがあった。そんな輔子を見つめながら、りょうは、このひとに島崎先生が夢中になったのも無理はない、とあらためて思った。

　りょうは少しぼんやりとしてしまったが、すぐに気づいて、

「二年前にお友達の諏訪より子様は、佐藤様の頼みを果たされたのでしょうか、ということです」

　と言った。

輔子はぽかんとした表情になり、まわりの友人たちに目を向けた。友人たちも当惑したようにたがいの顔を見た。

輔子は申し訳なさそうに、

「二年前ということですけど、わたしには諏訪より子様という友人はおりません。どなたかのお間違いでしょうか。それに、二年前にもこの学校に諏訪より子という学生はいなかった、と思います」

と言い添えた。

「諏訪より子という方はそもそもいないのですか」

りょうは呆然とした。

四

りょうは、諏訪より子という学生がいなかったかどうかを校長の巌本善治に尋ねに校長室に行った。

机で書類を読んでいた巌本はりょうが質問すると、顔もあげずに平然と、

「ああ、それは偽の学生だよ」

と言った。りょうは目を瞠った。

「学生の偽者ですか？」

「そうだ、たまに学生のふりをして授業を聴きに来る女がいる。わが明治女学校に憧れてはいるが、学資がないか、親が許さないか、あるいはほかの理由で入学できない者が、せめて学生の気分を味わいたいのだろう、たまに紛れ込んでくるようだ」

　巌本は書類に筆をいれながら淡々と言った。

「そんな怪しい者が学校に出入りするのをお許しになるのですか」

　巌本は校長として無責任に過ぎるのではないかと思ったりょうは、詰問する口調になった。巌本は顔をあげてあごの鬚をなでた。いかつい風貌に似合わず、黒々として澄んだ目がりょうを見つめた。

「その偽の学生が誰かに迷惑をかけたのかね」

「いえ、そういうわけではありませんが」

　りょうが口ごもると巌本は豪快に笑った。

「だったら、かまわんじゃないか。学校には入れずとも、学問はしたいという向学心は大切だ。きっと本人の役に立つぞ」

　向学心と学生のふりをして学校に入り込むこととは別ではないか。学生たちにまじっておしゃべりしたりするのは、本当の自分を見ずに仮の姿でごまかそうとすることではないか、とりょうは思った。

だが、りょうは厳本に向かってそう言えなかった。

厳本が威厳によって反論を許さないからではない。善意によって、すべてのひとを見ようとする厳本の甘さは、それはそれで尊いのかもしれない、と思ったからだ。しかし、藤村から頼まれたことをこのままにしておいていいのだろうか、とりょうは当惑した。

りょうが考え込んでいると、厳本が、ぽんと手を打った。

「そう言えば、その偽の学生の名には覚えがあるな」

りょうは再び目を瞠った。

厳本は立ち上がると、書棚をごそごそと掻きまわしていたが、乱雑に置かれた手紙類の中から、郵便封筒を引っ張り出して持ってきた。

「読んでみなさい」

厳本は郵便封筒をりょうに手渡した。表書きは厳本善治様となっている。裏の差し出し人の名前を見て、りょうはあっと息を呑んだ。郵便封筒の裏には、

——諏訪より子

と書かれていた。

りょうは折り畳まれた手紙を取り出して目を走らせた。

そこには、明治女学校の英語教師、島崎春樹が女学生の佐藤輔子と密会していた、このことを校長はどう考えるのか、厳正に処分していただきたい、と書かれていた。さらに、ふたりが密会していたという家の牛込区赤城元町の住所が書かれ、疑うならば、この家に行ってふたりのみだらなる行いを確かめよ、とあった。

流麗な女文字ながら、憤りを抑えかねたのか、時折り、筆の運びが乱れていた。

巌本はこほんと空咳（からせき）をしてから、

「その手紙は二年前、島崎先生が本校を辞められる前に来たものだ」

と言った。りょうはうなずく。

「では、島崎先生はこの手紙のために辞めさせられたのですね」

巌本は頭を振った。

「いや、そうではない。島崎先生にはその手紙のことは言わなかった。わたしの胸だけに収めておいた」

胸を張って巌本は言った。

「なぜなのです。先生と学生が密会するなど世間で許されぬ醜聞ではありませんか」

りょうが眉をひそめて言うと、巌本は鬚をしごいて答える。

「わたしは本校の先生を信じている。さらに学生もだ。仮に恋愛があったとしても、それはふたりにとって崇高な感情であって、みだらなものではない。そのことは、北村透谷君が論文で――」

巌本は背筋を伸ばして、

――恋愛は人世の秘鑰なり、恋愛ありて後人世あり、恋愛を抽き去りたらむには人生何の色味かあらむ

と詠じるように口にした。

「まことに明快に述べているではないか。それとも、星君は北村君の意見に賛成ではないのかね」

巌本はのぞきこむようにりょうを見た。

りょうは当惑した。北村透谷の恋愛観には心が震えるが、かといって透谷が結局は自死したひとだ、ということも思わずにはいられない。

透谷は恋愛に理想を見出したにしても、何事かに行き詰まって自ら命を絶った。

それが、恋愛そのものなのか、それとも他のことなのかはわからない。だが、少なくとも恋愛は透谷に死を思い止まらせなかった。

あるいは、死ぬことによって恋愛を成就させようとしたのかもしれない。どちらにしても死に抗えない考え方に与することはできない、わたしは生きたいのだから、とりょ

うは思った。

巌本は善意のひとで、明治女学校に関わるひとを先生でも学生でも命がけで信じようとする。それだけにこのひとは誰からも裏切られるのではないか。そんな皮肉な考えが胸に浮かんで、りょうは身震いした。あわてて手紙を戻すと頭を下げ、

——失礼します
と言って校長室から出ようとした。すると、巌本が呼び止めた。

「待ちたまえ、君が諏訪より子のことを訊きにきたのは、ひょっとして島崎先生に頼まれてのことではないのかね」

りょうはびっくりして、はい、とかすれ声で答えた。

巌本は笑った。

「驚くことはない。君が島崎先生と話しているのを見かけたのだ。珍しいことがあると思ったよ」

「そうですか。実は島崎先生から諏訪より子という学生のことを佐藤輔子様に訊いて欲しいと言われました。ですが、佐藤様は何もご存じなく、諏訪という学生はいなかったのではないだろうか、と言われたものですから」

「それで、わたしのところに訊きにきたというわけか。島崎先生がなぜ、諏訪より子のことを知りたいかわからないが、この手紙を島崎先生に見せなさい」

巌本は手紙の入った郵便封筒をりょうに差し出した。りょうは手紙を受け取りつつ、眉をひそめた。

「これを島崎先生に見せていいのでしょうか」

巌本は大きくうなずいた。

「実はわたしは、島崎先生が二年前に本校を辞められたのは、手紙のようなことがあったからかもしれない、と思っていた。だが、佐藤輔子さんがまだいる本校にふたたび戻ってこられたところを見ると、そうではなかったようだ。そんな島崎先生が諏訪より子のことを調べておられるのなら、この手紙を見てもらったほうがいいだろう」

巌本に言われて、りょうは手紙を懐に納めた。校長室を出て行くりょうの背中に向かって、巌本は、

「その手紙は戻さなくてもいい。書かれている内容も忘れる、と島崎先生に伝えてくれ」

と告げた。りょうは振り向いて、もう一度、深々と頭を下げた。

藤村に代わって礼を言う筋合いはないが、ひとを信じて揺るがない巌本の心志は尊いものに思えた。

この日、講義が終わるのを見計らって、りょうは廊下で藤村を呼び止めると、階段の

陰で郵便封筒を渡した。

　諏訪より子は偽学生で、巌本校長のもとにこのような手紙を送っていた、とだけ話して去ろうとすると、急いで手紙に目を通した藤村が、

「ちょっと待ってくれたまえ」

　と呼びかけた。

「なんでしょうか」

　りょうが迷惑顔で振り向くと、藤村は顔を赤くして言葉をつっかえさせながら、

「すまないが、この手紙に書いてある家まで一緒に行ってくれないか」

　と声を低くして言った。

「その家に行ってどうされるのです」

　藤村がなぜ、手紙の家に行くと言い出したのかわからず、りょうは首をかしげた。

「たしかめたいのだ」

「その手紙の家が実際にあるかどうかをたしかめるのですか」

「いや、その家なら知っている」

　藤村はさらに顔を赤らめた。りょうは猜疑(さいぎ)の目で藤村を見た。

「行かれたことがあるのですか。まさか、この手紙に書かれているのは本当のことだと言われるのですか」

あの佐藤輔子がそんな軽はずみな真似をするはずがない、と思いつつもりょうは藤村への不信感を募らせた。

藤村は理知的な顔をひきつらせて言葉を継いだ。

「手紙の通りではないが、その家に行ったのは、わたしの過ちであったかもしれない。また、過ちを繰り返すわけにはいかないから、君に同行してくれと頼んでいるのだ」

藤村の言葉に懇願する響きがあった。りょうはため息をついて、

「先生がしっかりしていらっしゃればいいだけのことではありませんか」

と言った。藤村は軽く何度かうなずいた。

「そうなのだが、わたしはしっかりはしていないようなのだ」

抜け抜けとした藤村の言い方にりょうはむっとした。

「先生――」

りょうが厳しい言葉を口にしようとしているのを察したのか、藤村は機先を制するように、

「手紙には佐藤輔子君のことも書かれていた。これは佐藤君の名誉を守るためでもある。さらに言えば明治女学校の学生たちの名誉を守るためだよ」

と言い募った。明治女学校の学生の名誉を守るため、と言われると、りょうは藤村の頼みを断るのがためらわれた。

たしかに世間は女学生に好奇と穿鑿の目を向けている。そんな最中、教師と学生の恋愛話が漏れれば世間は騒ぐだろう。

真の恋愛ならばそれでもいいと覚悟することができるが、藤村にまつわる話には、いかがわしさと怪しさがある。

藤村は直立不動の姿勢で深々と頭を下げた。

「明治女学校の名誉を守るためだ。どうか協力してくれ」

藤村の言い方には、どこかりょうが断り切れないのを見越したふてぶてしさがあった。

それでも、やむを得ないとりょうはあきらめた。

「わかりました。家の前までご一緒します。家の中には入りませんから」

りょうが念を押すように言うと、藤村は顔を上げて、にこりとした。

「それでいいよ」

まるで、りょうが十分なことができないと詫びているのを許すかのような鷹揚な言葉つきだった。

(このひとは真がない、虚のひとだ)

りょうは胸の中でつぶやいた。

五

翌日――

昼下がりに藤村はりょうとともに牛込区赤城元町の家を訪れた。

家の前に立った藤村は二年前のことをありありと思い出した。門をくぐり、玄関から入ると静まり返った部屋に酒の膳が用意されていた。あたかも大蛇の口に呑まれるように家の中に入ってしまったという悔いがこみ上げてきた。

もう一度、この家に入ったら、二度と出られなくなるかもしれない、そんな気がした。藤村は、りょうを振り向いた。

りょうは束髪に緋色(ひいろ)のリボンをつけ、矢絣(やがすり)小紋に海老茶袴をはいている。そのいかにも女学生らしい装いから藤村は目をそむけた。

女子教育が盛んになった当初、女学生は授業の際、椅子に座ると着物の裾が乱れるという理由で男と同じ仙台平の袴を着用していた。だが、この服装が当時の新聞から攻撃された。『郵便報知新聞』は、

――今日我邦(くに)にても婦女子にして袴を着し昂然(こうぜん)として毫(ごう)も恥る意なし甚哉(はなはだしきかな) 奇異の

風体実に国辱とも云べし

と国辱呼ばわりまでした。このため、文部省も女学生の男袴着用を禁止した。そこで工夫されたのが女袴だ。

明治十八年、現在の学習院女子部の前身である華族女学校が開校したとき、学監だった下田歌子が考案した。古来の緋袴と指貫とを折衷したものを華族女学校専用の女袴としたのだ。この女袴はカシミア製で色は海老茶だった。華族女学校にならって一般の女学校でも海老茶袴をつけることが多くなっていた。このため、女学生たちは、紫式部ならぬ、

――海老茶式部

と後に世間で呼ばれるようになる。藤村は、女学生と佇んでいることが気恥ずかしくなり、そっぽを向いたまま、

「星君、もういい。引き上げるとしよう」

と言った。りょうは訝しそうに藤村を見た。

「せっかくここまで来たのに、どんなひとが住んでいるのか、たしかめなくてよいのですか」

「いや、もう十分だ。僕は満足したよ」

藤村はあたかも自分が満足するかどうかが、もっとも大切なことであるかのように言った。だが、りょうは納得しなかった。

「島崎先生は、これは明治女学校の学生の名誉を守るため、と言われました。それなのに中途半端でよいのでしょうか」

りょうはきっぱり言うと、家の玄関に向かった。藤村が止める間もなく、格子戸を叩いて、

「もし、お尋ねいたしたいことがございます」

とりょうは甲高い声で言った。すると家の中から、

――どなたでしょう
と若い女の声がした。りょうは怖(お)じずに答える。

「明治女学校の島崎春樹先生と学生の星りょうと申します」

すると家の中の女が含み笑いしたのが聞こえた。

「あら、島崎先生ですか。おひさしぶりです」

女は土間に降りて格子戸を開けた。女は、髷(まげ)を結っていない洗い髪で白地に大胆な百合(ゆり)文様の着物を着ている。流し目に藤村を見た様子が艶(つや)っぽかった。

藤村はぎょっとした。

「君は諏訪より子君か――」

あえぐように藤村は言った。女は、ふふ、と笑った。

「二年前はそんな名でしたかねえ。いまは芸者の小蝶と申します」

小蝶と名のった女は、まあ、そんなところじゃ、話もできません、おあがりください、と藤村に言った。

藤村はためらったが、りょうが見つめているので逃げ出すわけにもいかなかった。小蝶に続いて家に上がった。小蝶が通した部屋は居間として使われているらしく、神棚と長火鉢があった。表情を硬くして座った藤村とりょうに小蝶は手早く茶を淹れて持ってきた。

「すみませんね。お座敷に出る前に髪結いを待ってたところで、何のお構いもできませんで」

小蝶が世慣れた様子で微笑みながら言うのを藤村は呆然として聞いた。二年前のおとなしい諏訪より子と同じ女だとは、とても思えなかった。

藤村に驚いた目で見つめられて、小蝶は照れ臭そうに目を伏せた。

「いやですね。わたし、そんなに変わりましたか。もっとも、あのころは猫をかぶってましたから無理もありませんけどね」

脇から藤村の様子を眺めていたりょうがしびれを切らしたように、口を開いた。

「失礼ですが、小蝶さんは二年前、学生のふりをして明治女学校に入り込んでおられたようですが、何の目的だったのでしょうか」

　小蝶は微笑んだまま、ちらりと藤村を見た。

「先生、あのことを学生さんに話してもようございますか」

　小蝶に訊かれて、藤村はどう答えていいか、わからず、うう、とうなった。すると、小蝶は、あきらめたように、

「相変わらず、煮え切らない方でございますね。だから、女の方から動かなきゃ、いけなくなってしまうんですよ」

　と言った。藤村は青ざめた。りょうは、すかさず訊いた。

「どういうことでしょうか」

「わたしは二年前まで芸者の置き屋で芸事の修業をしてましてね、そろそろ芸者に出なきゃということで、旦那になってくれる方がこの家を用意してくださったんですよ。でもね、芸者に出る前に、ちょっとしてみたいことがあったんです」

　小蝶は懐かしそうに言った。

「何だったんでしょうか」

　りょうは首をかしげた。

「その袴――」

　小蝶はりょうの袴を指さした。

「これがどうかしましたか」

りょうは膝に目を落とした。小蝶は薄く笑った。

「女学生のあなたには当たり前のものでしょうけど、その袴は貧しくて女学校なんてとこに行けないわたしたちには高嶺(たかね)の花の憧れなんですよ」

りょうは戸惑って藤村に顔を向けた。藤村はあきれたように言った。

「それじゃ、女学生の袴がはきたくて学校に紛れ込んでいたというのか」

「ええ、袴は出入りの仕立て屋に頼んで仕立ててもらいましたけど、はいていけるのは女学校しかありませんからね」

小蝶は面白そうに言った。りょうは憤然として口を開いた。

「わたしたちは、学問がしたくて明治女学校に行っています。あなたは女学生の恰好(かっこう)がしたいだけだったんですか」

小蝶は真面目な顔になってりょうを見返した。

「ええ、それじゃいけませんかね。世間では海老茶式部なんて言われたりしてるようですけど、本音のとこでは女学生を上等な人間だって思ってますよ。職人の女房や子守り女やわたしたちみたいな芸者より格が上だってね。そりゃあ、仕方がないでしょう。わたしたちは、学問するほどのお金はありませんからね。三味線弾いて、お客にお酌してつまらない冗談に笑って愛想してますよ。でもね、だからって女学生より、下なんですか」

「下だなんて思ってません」

りょうはきっぱりと言った。

「でも、上だとは思っているんでしょう」

小蝶はからみつくように言った。

「そんな——」

りょうは小蝶の言うことに反論しようとしたが、うまく言葉が出てこなかった。

藤村はごほんと咳をしてから、

「もういいじゃないか。学問をするのもどんな職業につくかもそのひとの自由だ。たとえ何を選んだからと言ってひとがとやかく言うことはない」

とよく通る声で言った。

「きれいごとをおっしゃいますね」

小蝶は嗤った。藤村はむっとした。

「わたしが言ってるのが、表面だけのことだと言うのか」

「ええ、まったくその通りですよ。でも、二年前、わたしはそうは思ってませんでした。だから、たしかめたかったんです。島崎先生というひとを——」

「君、何を言うんだ」

小蝶が二年前、この家であったことをりょうがいる前で話すつもりかと思って藤村はうろたえた。小蝶は藤村の目を真っ直ぐに見て話した。

「わたしは明治女学校の授業に潜り込んでいるうちに、島崎先生を好きになってしまいましたのさ」

小蝶がはっきりと好きという言葉を口にすると藤村は顔をこわばらせ、りょうは恥ずかしさでうつむいた。だが、小蝶は平然と言葉を継ぐ。

「もちろん、英語の授業の中身なんかまったくわかりゃしません。でも、島崎先生の英語は聞いてて、とても気持がようござんした。教科書を読むとき、前髪をかきあげる仕草もなんとも艶っぽうございます」

「それはどうも」

藤村は顔をあからめて口ごもりながら返事をした。小蝶はそんな藤村を見つめて、

「でもね、授業を聞いてて、すぐにわかりました。島崎先生は佐藤輔子って女学生にほの字なんだなってね」

と言った。

「君、何てことを言うんだ。それは誤解だ」

藤村はりょうの前であることを意識して威厳をこめた言い方をした。だが、小蝶は平気だった。

「別にわたしだけじゃないはずですよ。まわりのひとは皆気づいてましたよ。ばれていないと思っていたのは、島崎先生だけでしょう」

「いや、たとえ、そうだとしてもわたしと佐藤輔子君の間には清い心の交流があっただけだ」

藤村が必死に弁明すると、小蝶がけらけらと笑った。

「先生、そんなものはありゃしませんよ」

「なんだって」

藤村の青ざめていた顔は小蝶との話の間に赤くなり、そして今度は蒼白になった。

小蝶はようやく笑いを収めた。

「あの佐藤輔子って女学生は先生のことを何とも思っちゃいませんよ。ただ、好かれているのはわかっているから適当に気を持たせていただけですよ。だって故郷に許嫁（いいなずけ）がいるっていうじゃありませんか。そんな女は危ない橋は渡りませんよ」

「本当にそうだったのだろうか」

藤村は肩を落とした。

「間違いありませんね。ちゃんと自分の嫁ぎ先が決まっているから、寄ってくる男に無邪気な顔を見せるんですよ。男はそれにだまされるのを女は知ってますからね。でも決して男に本気で近づいたりはしませんよ。特に島崎先生にはね――」

「なぜわたしには近づかないとわかるのだ」

「だって、わたしの見たところ、先生には何となくひとに嫌われるところがおありなさいますもの」

「何を言う。君はわたしを侮辱するのか」

膝に置いた藤村の手がぶるぶると震えた。いまにも小蝶になぐりかかろうとするかのようだった。しかし、小蝶は恐れる風もなく、

「わたしはそんな先生がかわいそうで、何とかしてあげたいと思いましたのさ。それで、佐藤輔子の使いのふりをして、先生をこの家に呼び出したんですよ」

と言ってのけた。藤村はごくりとつばを飲み込んだ。

「それでは、あの日、この家にいたのは、君だったのか」

「ほかに誰がいるって言うんですか」

小蝶はまた笑った。

「あの日、わたしはこの部屋にお酒と膳を用意しておきました。訪ねてきた先生が誰もいないと思えばひとりで召し上がるだろうと思ったんです。でもね、先生、そんなところにひとの本性は出るんですよ。しっかりした殿方はひとに勧められない食べ物を口にしたりはなさいません。ましてお酒を飲んだりもしませんよ」

「それはそうかもしれないが、あのときは――」

藤村は佐藤輔子に会えるかもしれないという期待で興奮して喉が渇き、いつもと違うことをしてしまったのだ、と言いたかった。だが、りょうが聞いているのを意識して口をつぐんだ。

小蝶は藤村に皮肉な目を向けた。

「先生がお酒を召し上がった頃合いを見計らって音を立てたら、案の定、酔った先生は二階に上がってこられましたね」

藤村は何も答えず、小蝶を睨みつけた。小蝶はにこりと笑った。

「先生、薄暗がりの中ではわたしの姿は佐藤輔子によく似ていたでしょう。わたしたち芸者は薄暗いところでなら、自分をどんな風にでも見せることができるんですよ」

「ああ、それでは、やっぱり」

藤村は絶望したような声をあげた。小蝶はあきれたように、

「なんですね。いままで、あの時抱いたのは佐藤輔子かもしれないと、本気で思ってたんですか」

と声を高くした。藤村は肩を落とし、うつむいて何も答えない。

小蝶はそんな藤村にひややかに言った。

「わたしにだまされたなんて思わないでくださいよ。相手の女のことを本気で考えてたら、すぐにわかることですよ。先生は相手のことなんかまったく考えちゃいないから、

わたしを抱けたんですからね」

りょうが思い余って口を開いた。

「あなたが巌本校長に密告の手紙を出したのは、島崎先生があなただと気づかなかったことへの復讐、いえ、罰のつもりだったのですか」

小蝶はりょうを見て、悲しげに頭を振った。

「いえ、そんなことじゃありません。たしかに怒ってましたけど、それは先生が佐藤輔子とわたしの見分けがつかなかったからじゃありません。わたしは先生の匂いを嗅いでしまったんですよ」

藤村ははっとして顔を上げた。

「わたしの匂いだと」

小蝶は悲しげに藤村を見つめた。

「ええ、わたしは先生が佐藤輔子を好きなのを妬んで、ちょっかいを出したんですが、胸の中では近頃、よくいう新時代の恋愛とやらをしてみたかったんですよ。女学生さんたちは、親の言いなりにならずに、自分の好きな男を見つけて恋愛をなさるそうじゃありませんか。わたしもそれがやってみたかったんですよ」

「それがわたしの匂いとどう関わりがあるというのだ」

藤村は声を震わせて言った。

「だって、先生からはわたしが小さかったころ、閉じ込められた土蔵の埃っぽくかび臭い匂いがしましたのさ。その匂いを嗅いだとき、このひとは新時代なんかじゃない。古臭い、昔のひとだって思いました。このひとは恋愛なんかできない。いくら好きになっても無駄なんだってね」

「馬鹿な、わたしが旧弊な人間だというのか」

藤村は目を瞠った。

「ええ、そうです。古臭い、そう座敷牢にでも入れられていたようなひとが明治の御代に這い出てきたんでしょうね」

小蝶は嘲るように言った。

「嘘だ、そんなことはない」

藤村はうめくように言うとふらふらと立ち上がった。

「無礼な奴だ。僕は帰る」

かすれた声で告げると、藤村はりょうには目もくれずに玄関に向かった。その背中をりょうは呆然と見送った。

小蝶の笑い声だけが響いた。

六

馬鹿な、何ということだ、馬鹿な——

ぶつぶつとつぶやきながら藤村はどこへ向かうともなく無暗に歩いた。わたしはどこへ行こうとしているのだ。問いかけたが自分でもわからない。

すでにとっぷりと日は暮れていた。

暗い街並みのところどころに灯りが見える。店の軒先の提灯か、それとも人家の窓から漏れるランプの灯りか。わからないなりに黄色い光に誘われる蛾のように道を変え、誘われるように歩く。

そのうちにわかってきた。

芝公園を目指して歩いているのだ。

北村透谷が自死したと聞いたあの日、藤村は懸命に透谷の家に向かってひたすら歩いた。やがて透谷の家に着いた。まわりに鬱蒼と樹木が茂っていた。どんどんと戸を叩くと透谷の妻の美那子が青ざめた顔で出てきた。藤村を見て、

「よく来てくださいました」

と涙声で言った。閑静なこぢんまりとした住居の一部屋に透谷の亡骸は安置されていた。藤村が部屋に入ると美那子は夫の顔から白いハンカチをとった。

見ると、透谷の顔は生前のままで、死んでいるとはとても思えなかった。なぜ、死んだのだ、と口にしそうになって、口をつぐんだ。それは死者の妻にとってもっとも残酷な言葉ではないか。だが、訊かずにすませられることでもなかった。

「なぜ北村君は亡くなったのでしょう」

思わず口をついて出た質問に美那子は頭を横に振って答えた。

「さあ、わたしにもわかりません」

美那子はため息をついた。

「夫はわたしに一緒に死ねと言ったんですよ。わたしは厭ですって答えました。子供がありますから、厭ですって」

それでも透谷は死んだのだ、と思うと藤村は無残な気がした。ふと、透谷の言っていた言葉を思い出した。男と女が恋をすればどうなるか。

「亡ぶさ。男も女も――」

陰鬱に目を光らせていた透谷はあのとき、何を思っていたのか。

透谷と石坂美那子は純粋な恋愛の末に結ばれた。美那子は友人の姉で、透谷より三歳上だった。結婚前、透谷は美那子に熱烈なラブレターを送った。

——生は貴嬢の風采を慕ふ事いと永かりし而して親友たるの時日は斯の如くそれ短し、生は貴嬢の親友として世を送るを得ば他に何の求むべき幸福あらんやと曽つて思考したりき

美那子は透谷の情熱にほだされた。すでに将来、医者になる婚約者がいたにも拘わらず、家族の反対を押し切って透谷と結婚したのだ。

そして透谷もまた美那子が横浜海岸教会のクリスチャンであったことから、自らも洗礼を受けて入信した。

透谷は美那子の愛を知ることによって神を知った。

(だが、神は透谷を救わなかったのだろうか)

そう思うと、藤村は恐ろしいような気がした。

藤村が透谷の死に顔を見た翌日、キリスト教での葬式が自宅で行われた。牧師が祈禱をした後、参会者たちを前に説教を行った。

ひとは親しきひとの死を前にしたとき、この人生を夢やはかない朝露のように、やがて消え去るものだと思う。しかしキリスト教徒はそうは思わない。

友愛に厚いひとが亡くなれば、そう思いたくなるのももっともだが、神の意の存するところは測りがたい。ひとにして、死を迎えない者はいない。誰もが、必ず、死を迎える。そのときに惜しまれるように生きるべきではないか。

死による別離は一時のことだ。亡きひとの魂は永遠に吾らとともにある。暖かな陽射しに吹き寄せるさわやかな風に吾々はそれを感じる。死者が孤独ではないように、吾々もまた孤独ではない。そのことを思えば、胸に浮かぶのは別離の悲しみではなく、ともに永久にあることへの感謝の想いだけではないか。

牧師の言葉が藤村の胸に染みた。透谷が死ぬ半年ほど前に書いたという「双蝶のわかれ」という詩を思い出した。あるいは、美那子との別れを思って書いた詩なのか。

ひとつの枝に双つの蝶、
羽を収めてやすらへり。

露の重荷に下垂るゝ、
　草は思ひに沈むめり。
秋の無情に身を責むる、
　花は愁ひに色褪めぬ。

言はず語らぬ蝶ふたつ、
　斉しく起ちて舞ひ行けり。
うしろを見れば野は寂し、
　前に向へば風冷し。
過ぎにし春は夢なれど、
　迷ひ行衛は何処ぞや。

ひとつの枝に止まった二頭の蝶が秋の空に無情を感じつつ、飛んでいく。詩人として生活苦と闘いながら生きた透谷の、美那子への思いが表れているのだろうか。

そう感じながらも藤村は同時に、透谷が明治女学校の学生、斎藤冬子と恋愛関係にあったという噂を耳にしたことを思い出した。

(本当だったのだろうか。あれほど愛した妻がいたのに)

美那子への愛情が偽物だったはずがない。

それでも、さらに別の女性を愛するということがあるのだろうか。それは神の仕業とも思えない。あまりにも酷いことだ。

（だから死んだのか）

藤村は唇を噛んだ。斎藤冬子は胸を病んで故郷に帰ったという。そのことも透谷に死を選ばせたのか。そうだとしたら、残された美那子があまりに気の毒ではないか。

藤村はその考えを頭から振り払った。

違う。

透谷は、思想に苦しみ、詩に悩み、人生に傷ついて死を選んだのだ。もし、恋愛のために死んだとすれば、それは人生から逃げたことになる。

そんなはずはない。

そう思いながら藤村はどんよりと曇った空を見上げた。

いまにも雨が降りそうだった。

小蝶の家を出て芝公園まで歩きながら、藤村は透谷の葬儀の日のことを思い出していた。

（あのときからわたしは恋愛におびえた）

いや、実はもっと前から恋愛を恐れていた。恋愛に溺れるのではないかという恐怖ではない。自分はひとを愛さないのではないか、という恐ろしさだった。

小蝶の言葉が頭の中で響いていた。

——古臭い、そう座敷牢にでも入れられていたようなひとが明治の御代に這い出てきたんでしょうね

あれは父親の正樹のことだ。心を病み、幻を見るようになって、座敷牢に入れられ、病み衰えて死んでいった。

（わたしが父と同じだというのか）

馬鹿な、そんなことはない、と自分に言い聞かせたが、そのつど、故郷の街道沿いにあった、馬方たちが酒を飲む〈テッパ台〉の光景が浮かんでくる。

藤村は目を閉じてその光景を脳裏から振り払おうとした。だが、執拗（しつよう）にその光景が思い浮かぶ。汗臭い馬方たちが下品な笑い声をあげている。

まだ子供だった藤村は、その日、街道で遊んでいたが、ふと〈テッパ台〉のある店に入り込んだ。友達との鬼ごっこで声をからして遊び、喉が渇いていた。

問屋の息子である藤村が店に寄って水を飲みたいと言えば、飲ませてくれる。このときも、そのつもりで店に入った。

思いがけず、いつもより馬方たちが多かった。それに酒もかなり飲んでいるようで、店の中が酒臭かった。嫌な気持がしたが、それでも喉の渇きを癒したかった。藤村が茶碗に汲んでもらった水を飲んでいるのを馬方たちはじろじろと見ていた。

そして〈テッパ台〉から立ち上がってくると、藤村を取り囲んだ。ひとりが熟柿（じゅくし）臭い

息を吐きかけて「坊主は島崎の息子か」と訊いた。藤村が怯えてうなずくと、馬方たちはゲラゲラと笑って卑猥な言葉を投げつけた。

それは、藤村の父が異母妹と関係がある。藤村の母が不義密通の子を産んだ。それが、お前の兄貴だ、という内容だった。

藤村は途中から両手で耳をふさいだ。しかし、馬方たちは藤村の手を引きはがして、耳のそばでさらに猥雑（わいざつ）な言葉を口にした。藤村は泣き出し、馬方たちの手を振り切って表へ飛び出し、そのまま家へと帰った。

その日から三日の間、藤村は高熱を出した。夜は悪夢にうなされた。それでも馬方たちから聞いたことを家族には話さなかった。

なぜかしら馬方たちが言ったことは本当のことで、決して家では口に出してはいけないことだとわかっていたからだ。

芝公園を目指して歩きながら、藤村は子供時代のことを思い出して道端で吐いた。不意に透谷の詩の後半が浮かんできた。

同じ恨みの蝶ふたつ、
重げに見ゆる四（よつ）の翼（はね）。

双び飛びてもひえわたる、
　秋のつるぎの怖ろしや。
雄も雌も共にたゆたひて、
　もと来し方へ悄れ行く。
もとの一枝をまたの宿、
暫しと憩ふ蝶ふたつ。
夕告げわたる鐘の音に、
　おどろきて立つ蝶ふたつ。
こたびは別れて西ひがし、
　振りかへりつゝ去りにけり。

藤村は目に滲んでいた涙を手の甲で拭いた。ふたつの蝶とは透谷と自分のことではなかったか。透谷は恋愛の煉獄に悶え、自分は運命の地獄に苦悶するのだ。

透谷よ。

わたしは恋愛ができそうにない。

どうしたら、いいのだ。

透谷よ——

明治女学校は辞めようと藤村は思った。

第三章　かの花今は

一

明治二十九年（一八九六）四月十二日――

りょうは明治女学校の寄宿舎にいた。

この日、午後からの授業に出るためにりょうが部屋で支度をしていると、客が訪れている、と寄宿生のひとりが告げに来た。

女学校の寄宿舎だから、当然、男子禁制だったが、訪ねてきたのは、従妹の佐々城信子だった。りょうとさほど歳は変わらず、この年、十七歳である。

色白のととのった美貌だが、この時は、青ざめてひどくやつれていた。

「信子さん、どうしたの」

りょうが驚いて訊くと、

「国木田のところから逃げてきたの」

と信子は答えた。

逃げてきた、という言葉がりょうの耳を打った。

ああ、やっぱりと思った。

信子は昨年十一月にある男と熱烈な恋愛の末に結婚したばかりだった。男はこのころ、新進気鋭の新聞記者として注目されていた、

――国木田独歩

だった。

「どうしてそんなことに」

りょうが訊くと信子は頭を横に振り、両手で顔をおおって、何も答えなかった。そして、信子は突然、何かにおびえたように体をぶるっと震わせた。

その様を見て、りょうは信子には何かが憑いているのではないか、という気がした。

「信子さん――」

りょうはそれ以上、言うことができなかった。

りょうは明治女学校に入学してから、時おり、芝三田四国町に住む叔母の佐々城豊寿を訪ねていた。

日頃、学校の寄宿舎で過ごしているだけに、たまには息抜きがしたかった。

叔母は、りょうの母の妹で、子供のころの名を、

――艶

といったらしい。いかにもはなやかな叔母らしい名前だ。

叔母は才気煥発で学問にすぐれ、しかも美貌だった。このため祖父母も叔母をかわいがり、何でも思い通りにさせた。

叔母は男装して馬を乗り回すことを好んだ。叔母が仙台の町で馬を乗り回すと、道行く人は、何という美少年だ、と思って振り返ったという。

叔母は十七歳で東京に出て英語などを学んだが、間もなく医師、佐々城本支と結婚して家庭に入った。

りょうにとって叔母の家はいかにも都会に出てきた自由さを味わうことができる場所だったのだ。

だが、今年四月に入って、りょうは叔母から信子のことで相談があると言って呼び出されていた。

信子が実家に戻りたい、という手紙を寄越したという。

このころ、叔母は駆け落ち同然に独歩と結婚した信子が許せず、勘当していた。だが、実家に戻りたいという手紙が来てみると、

「わたしが厳しすぎたのかもしれない」

と後悔した。

信子の手紙には、もし、実家に戻ることを許してもらえるのなら、りょうさんを寄越して欲しい、それが承諾の合図になるから、と書かれていた。

叔母はそのことをりょうに頼んだ。

断るわけにもいかず、りょうは叔母の家を出ると堀端の英国大使館の方に歩き隼町の独歩の家を目指した。

◇

叔母はキリスト教系の社会団体に属して社会活動も活発に行い、ジャーナリストの徳富蘇峰や自由民権運動家の植木枝盛らと親交があった。

明治二十七年七月から昨年四月まで清国との間に、

――日清戦争
が起こっていた。

叔母夫婦は蘇峰の紹介で日清戦争の従軍記者を何人か自宅に招いて慰労会を行った。

独歩は蘇峰が経営する国民新聞社の記者として軍艦千代田に乗り組んでいた。

そして自分の弟に宛てた手紙という形式で、『愛弟通信』と題した従軍記事を連載して人気を博した。威海衛の戦いで清国の北洋艦隊を破って勝利すると、

――余は今ま躍る心を抑へて、今日一日の事を誌さんとす。

と興奮冷めやらぬ様子で筆をとっている。

独歩は旧播州竜野藩士国木田貞臣の子として生まれた。幼名、亀吉。本名、哲夫。独歩は号である。父が司法省に出仕し、山口、広島などを転勤した。

このため、独歩も父に従って各地を転々とした。だが、十六歳の時に上京、翌年、東京専門学校に入学した。

その後、キリスト教に入信、学校の教師などをしながら、しだいに文筆の道を目指すようになっていた。

独歩は佐々城家に招かれたとき、まだ十六歳だった信子の可憐な美しさに魅かれた。

独歩の日記には、

——令嬢年のころ十六、若しくは七、唱歌をよくし、風姿楚々可憐の少女なり。


と書かれている。

叔母の家は社交的な家風だけに、信子も客に対して物怖じせず、歌を披露するなどしたらしい。慰労会では、記者たちが戦地での見聞を次々に披露し、中でも独歩は威海衛の戦いについて熱弁を振るい、信子をうっとりとさせたようだ。

さらに独歩は、ワーズワースの詩やツルゲーネフの小説について語り、それまで信子が知らなかった世界を教えてくれた。

一方、独歩は信子と会ってから仕事が手につかなくなり、周囲をあきれさせた。

何とか信子に近づこうと、慰労会後も理由をつけては、度々、佐々城家を訪れるようになった。

さすがに信子の母親は独歩の気持に気づいた。

大事な娘である信子を新聞記者に嫁がせるわけにはいかない。母親は独歩にもう家に訪ねてこないように申し渡した。

しかし、これが却って裏目に出た。信子は禁止されると、独歩に会いたい思いが募って自分から会いにいくようになったのだ。

八月になって独歩は信子を誘い出すことに成功して飯田町駅から汽車で国分寺へ向かい、さらに人力車で小金井まで行った。夫婦そろっての外出でさえ珍しがられる時代だった。

良家の娘が独身の男とともに外出するなど破廉恥なことだった。それでも、独歩は、

――武蔵野

の自然をふたりで楽しみたかったのだ。独歩は武蔵野が好きで、明治三十一年、『国民之友』に発表する『今の武蔵野』で、

——武蔵野に散歩する人は、道に迷ふことを苦にしてはならない。どの路でも足の向く方へゆけば必ず其処に見るべく、聞くべく、感ずべき獲物がある。武蔵野の美はたゞ其縦横に通ずる数千条の路を当もなく歩くことに由て始めて獲られる。

と謳い上げる。この文章は、初めての文集『武蔵野』に収めて名声を博することになるのだ。

このとき、独歩と信子は玉川上水のあたりを散策した。

ふたりはやがて林の中で新聞紙を敷いて座り、たがいの思いを打ち明け合った。このときのことも独歩は日記に記した。

——黙、又た黙。嬢は其の顔を吾が肩にのせ、吾が顔は嬢の額に磨す。嬢の右腕、力なげに吾が左腕をいだく。黙又た黙。嬢の霊、吾に入り、吾が霊、嬢に入るの感あり。

独歩は何度も信子を武蔵野に誘い、林の中で語らい、情熱に駆られて接吻を繰り返した。

このころから独歩は北海道で信子とともに暮らすことを夢想するようになった。

独歩はそのことを信子の父、本文に告げ、理解を得た。しかし、母親の豊寿は決して独歩を認めようとはしなかった。

独歩もまた負けず嫌いで、このころの心境を、

——人生は戦争なり。（中略）何物、何事、何人に対しても討死の覚悟を以て戦ふ可し。死するとも勝つの覚悟あれ。

と日記に記した。独歩にとって信子は征服し、奪い取るべきものだった。その情熱の激しさは信子を動かした。

結局、信子は自ら家を出て、独歩の隼町の家へ身を寄せた。

駆け落ちを決行したのだ。

信子の母親もしかたなく、ふたりの結婚を認めた。

しかし、同時に信子を勘当した。世間体を重んじる信子の母親にとって、娘の駆け落ちは恥ずべきことだったのだ。

それでも、独歩にとって、信子との結婚は大きな喜びだった。

——わが恋愛は遂に勝ちたり。

われは遂に信子を得たり。

とあられもないほどの歓喜を日記に認めるのだった。

明治二十八年十一月、独歩と信子は結婚して逗子に移り住んだ。

その後、ふたりは独歩の年老いた両親とともに暮らすために東京に転居した。

◇

りょうが独歩と信子のことで知っているのは、そこまでだった。

熱烈な恋愛によって独歩と結ばれたはずの信子がなぜ独歩のもとから去ろうとしているのか。りょうは訝しく思いながら歩いていた。

すると、向こうの桜並木のほうから、ステッキを振り回しながら、洋服の男が歩いてくるのが見えた。

男はステッキで桜の幹を、

ビシッ

ビシッ

と叩きながら歩いてくる。

その様子は怖いようでもあり、おかしくなっているのではないかと思わせるようなところがあった。

しかも、遠目ながらも男が独歩なのではないか、という気がした。りょうはかつて叔母の家で独歩に会っていた。

やがて近づいて顔を見たらやはり独歩だった。独歩は何かに腹を立てているかのように青白い顔で口を引き結び、あたりを睥睨（へいげい）している。その様を見て、

（このひとは不幸なのではないか）

とりょうは思った。りょうが恐る恐る、

「国木田さん」

と声をかけると、独歩ははっとして立ち止まった。そして、りょうに気づくとすぐに、温顔になった。

「りょうさんか、いいところで出会った。ぜひ、家まで来てくれ。信子が寂しがっているから」

独歩はそう言うとりょうの手を引っ張りかねない勢いで歩き出した。りょうは独歩について行きながら、以前に会った独歩とはどこかが違うと思った。

初めて会ったころの独歩はいつも夢を語るようなところがあった。しかし、いまの独歩にはそんな豊かさが消えていた。

独歩の家は小さかった。

こんな家で、あのはなやかな令嬢だった信子が暮らしているのか、と思うと哀れな気がした。

「おい、りょうさんだぞ」

独歩が声をかけると、奥から信子が出てきた。所帯やつれして、地味な着物を着ていた。

少し痩せたようだ。

信子はりょうを見て、ちょっと驚いた表情になった。りょうが母親から頼まれてやってきたのかどうか、わからなかったからだろう。

りょうは信子の目を見て深々とうなずいた。

それが合図になった。

二

信子を部屋に通し、茶を淹れた。信子が茶を飲みほしたのを見てから、りょうは信子の手を握った。

「信子さん、どうしたの、何があったのか教えて」

りょうに訊かれて、信子は首をかしげた。

「さあ、どうしたのか、わたしにもわからないの」

今日、ふたりはいつものように朝の礼拝のために麴町の教会に出かけた。

そして、帰り道で信子は近所に住む従姉のりょうのもとに行くと告げて独歩を先に家に帰したのだという。

「でも、信子さんは恋い慕った国木田さんと一緒になられて、とても幸せに暮らしていらっしゃるとばかり、わたしは思っていました」

「それが、そうでもないのよ」

信子は奇妙な、この世のひとではないような目つきでりょうを見た。

りょうはなぜかしらぞっとした。

「そうでもないって、どういうことなの。夢と現実は違うということかしら」

お嬢様育ちの信子は戦地帰りの独歩にロマンティックなものを感じてのぼせ上がったが、実際に暮らしてみると日常生活は思ったよりも味気なかったのかもしれない。

そんなことをりょうが考えていると、信子は口を開いた。

「今日になって、不意に思ったの。ここにいるわたしは、わたしじゃないって」

信子はたしかな物言いをした。

「わたしじゃない？」

「ええ、わたし、独歩が家に来たころから、とても素敵なひとだと思った。わたしの知らない学問や小説のことをいっぱい知っていて、それにお話も面白いし、一緒にいて飽きるということがなかったわ」

「それで、恋をしたんでしょう」

りょうはうらやましげに言った。

信子はまた、首をかしげた。

「あれは恋愛だったのかしら」

「どうして、そんなことを」

りょうは息を呑んだ。

「だって、わたしには、何がなんだかわからないうちに、独歩と一緒に暮らすようになっていた。わたしが望んだことではなかった」

信子は振り返るように遠い目をしながら、話し始めた。

独歩がわたしのことを気に入ったのは、従軍記者の慰労会のときからすぐにわかった。わたしが記者さんたちのために歌を唄うと独歩は熱っぽい目でじっと見つめてきた。

そして、戦地の話になると、一生懸命、熱弁を振るった。それが、わたしを感心させるためだ、ということは自然にわかった。

でも、わたしは独歩の話を面白いとは思わなかった。

清国兵の死体を見ただの、日本はこれから世界の列強と肩を並べる一等国になっていくだの、という話に興味を持つ女はあまりいないと思う。

それでも、わたしは独歩がひたすらわたしを目当てに話しているのが嬉しくて、感心したように何度も相槌を打ってあげた。

『国民新聞』で戦地報告を連載して読者の喝采を浴びている気鋭の記者がわたしのために話しているのを見るのは心地よかった。

独歩は見る見る機嫌がよくなった。

それから、わたしの家をよく訪ねてくるようになって、今度は詩や小説の話をしてくれた。

こちらの話は戦争よりも面白かった。そして、独歩はわたしを武蔵野に誘い出して、思いを打ち明けてくれた。

わたしは有頂天になった。とても嬉しかった。わたしも独歩のことが好きなのだ、と思った。

武蔵野の林の中で接吻もした。

だから、母はわたしたちが男女の仲になっていると思い込んだみたい。だけど、わたしは接吻しか許さなかった。

いつでも引き返せると思っていた。

それなのに、母はわたしをふしだらだ、と決めつけた。なぜ、わたしに訊こうとしないのだろう、と思った。

わたしを籠の中に閉じ込めておきたいのだ。

だから、親に反対されても独歩のもとへ走った。そして結婚したのだけれど、その時から、何かが違うと思うようになった。

独歩の当時の仕事といえば、民友社から依頼された原稿を自宅で執筆することだった。収入はわずかだったが、ひとに使われることが嫌いな独歩は満足していた。

収入が少なければ満足な食事もできない。芋を混ぜたご飯、おかずはほとんど豆だけで、たまに魚がつく程度だった。

そんな暮らしもわたしには面白かった。贅沢(ぜいたく)な食事ができないことが苦痛だとは思わなかった。だけど、独歩は、そんな食事を前にして、

「粗食だ、などと言うのはやめなければならぬ。美食はひとを弱くする。つましい食事のほうが頭を明快にするのだ」

と言う。わたしはそんな独歩の強情があまり好きではなかった。

貧は貧として毅然としていれば、いいではないか。なぜ言い訳をする必要があるのだろう、と不思議だった。

心がすれ違っている、と思った。

それでも独歩との間に隔たりが生まれ出したのは、やはり、貧がもたらす窮屈さによってだったかもしれない。

そんな時、わたしは独歩の書棚にあった書きかけの原稿を目にした。

いや、それは独歩の原稿ではなかった。

このころ言文一致体の小説を書き、ロシア文学にも通暁していることで名を成した作家、二葉亭四迷（ふたばていしめい）が翻訳して『国民之友』などに発表した二つの小説、『あひゞき』と『片恋』を引き写したものだった。

独歩は、今後、小説を書いて世に出たいともらしていたから、そのために尊敬する二葉亭四迷の小説を写したのだろう。

あるいは、文章修業のつもりだったかもしれない。

わたしは独歩がどんなことを考えているのか知りたいと思った。

『あひゞき』は、雨宿りのため林に入り込んだ男が、若い男女の逢（あ）い引きの場面に遭遇する話だ。林の風景が美しく描かれ、少女についても、

——この少女なか〳〵の美人で、象牙をも欺むく色白の額際で巾(はば)の狭い緋の抹額を締めてゐたが、その下から美しい鶉(うずら)色で、加之(しか)も白く光る濃い頭髪を叮嚀に梳(とか)したのがこぼれ出て、二ツの半円を描いて、左右に別れてゐた。


とこまやかに書かれている。

ロシアの少女は美しく可憐でしかも哀愁を帯びているようだ。

少女は恋人の男と待ち合わせをしているのだが、やってきた恋人のつれない態度に傷つくのだ。

また、『片恋』は、主人公が旅行先のドイツで貴族の兄妹(きょうだい)と出会い、その妹から想いを寄せられるという物語だった。

独歩はこの原稿に注釈を書き込んでいる。

それによるとロシアの原題は『アーシャ』というらしい。アーシャは中流貴族の十七歳の娘だという。

小説の主人公である男は、アーシャが自分に恋して夢中になっていることに気づく。

それだけにアーシャは男を避けるようになっていた。

だが、ある日、主人公にアーシャから手紙が来る。手紙で指定された場所に主人公が行くと、アーシャはおびえるような声で、

「愛しています」

と言う。四迷はそのあたりを、

――私は何も彼も忘れて了(しま)つて、握つてゐた手を引寄せると、手は素直に引寄せられる、それに随(つ)れて身躰(からだ)も寄添ふ、ショールは肩を滑落(すべりお)ちて、首はそつと私の胸元へ、炎(も)えるばかりに熱くなつた唇の先へ来る……

「死んでも可(い)いわ……」とアーシヤは云(い)つたが、聞取れるか聞取れぬ程の小声であつた。

女性から恋心を打ち明けるなど日本では考えられないことだ。しかも四迷が、愛しているという意味の言葉として翻訳したのは、

――死んでも可いわ

という大胆な言葉だった。

そのことに独歩は感銘を受けているらしく、書き込みには、何という発明ぞや、と繰り返し書かれていた。

しかし、わたしはこの原稿を読んでいくうちに不思議な気がしてきた。

わたしは、独歩に誘われて武蔵野に行き、林の中で何度か語り合い、抱擁された。そして、『片恋』のアーシャのように、独歩に恋をして何もかも投げ捨てて駆け落ちしたのだ。

わたしは、「死んでも可いわ」とは言わなかったけれど、親を捨てるのはそれに匹敵する行為だったのではないか。

実際、わたしは勘当されて、親にとっては死んだも同然になってしまった。

独歩は自分がロシアの小説の主人公になったつもりで、わたしに近づいたのではないか。ロシアの林を思わせる武蔵野の林で恋を語り合った。

あたかも小説、そのままだった。

さらに貴族の娘が自分に夢中になって「死んでも可いわ」と口にすることを独歩は夢想したのではないか。

独歩にとってわたしは小説での夢をかなえる女だったのかもしれない。何もかも独歩の夢の中の出来事だったのではないか。

もし、そうだとすると、わたしは何なのだろう。独歩の恋の妄想のための、

——人形

ではないのか。

◇

信子が話し終えると、りょうはすぐには言葉も出なかった。ようやく絞り出すようにして言ったのは、

「そんなことはないと思うけれど」

という実の無い慰めの言葉だけだった。

信子は疲れた表情で微笑んだ。

「ともかく、わたしは独歩のもとには戻りません」

はっきりとした信子の言葉に、りょうは何も言うことはできなかった。それから、信子は、実家に帰るので、一円ほど貸してくれないか、と恥ずかしげに言った。

りょうがさっそく財布から一円を取り出してわたすと、信子は何度も礼を言って出ていった。それでも、去る間際に、

「独歩がわたしを追いかけてここに来るでしょうけれど、わたしはすぐに帰ったと言ってください」

と言い残すのを忘れなかった。

信子が去ってしばらくしてから、独歩が血走った目をしてやってきた。

「信子が来ませんでしたか」

独歩に問われて、りょうは首を横に振った。

「そうですか」

独歩は失望して帰っていったが、その後、友人、知人のもとを捜しまわり、りょうのところには数日後にも訪ねてきた。

心当たりがない、とりょうが言うとがっかりして立ち去ったが、その日のうちにまたりょうを訪ねてきた。

あまりの熱心さにほだされたりょうは、かつて信子が『あひゞき』や『片恋』の話をして、独歩が小説の中の恋をしようとして、自分に近づいたような気がする、と話していたともらした。

すると、独歩は、

「それは違う」

と大声で言った。

独歩は目をぎらぎらさせていた。

りょうは思わず震えあがった。

独歩は気を落ち着かせてから、大きな声を出して申し訳ない、と謝った。

独歩の目には涙がたまっていた。

「たしかに、わたしはロシア文学の恋の世界に憧れました。ですが、信子を小説と重ね合わせたことは決してありません」

肩を震わせ、泣きながら独歩は言うのだった。

三

独歩は取り憑かれたように信子を捜してまわった。

ある時は信子がかわいがっていた弟の墓の前で倒れてはいないかと墓地まで捜しにいった。

相変わらず、りょうのもとへは何度も訪れ、そのことでりょうに迷惑がかかってはいけない、と舎監の教師に事情を説明し、りょうを訪ねる許可をもらった。

舎監の教師も独歩に同情し、やがて寄宿舎にいるほかの学生たちも事情を知って独歩を心配するまでになった。

教師たちは時おり、りょうに、

「国木田さんは、あまりに純粋だから傷つくのではないかと心配になるよ」

と話しかけてきた。

りょうはうなずきながらも、独歩の純粋さは信子を幸せにすることはなかったのだ、と思った。

だとすると、純粋であることもまた、罪であるのかもしれない。酷なようだが、独歩は信子を自分の物にしようという欲望だけに囚われているのかもしれない。

信子には、自分らしく生きる権利があるはずだ。しかし、世間の目は勝手に嫁ぎ先を飛び出した信子に厳しく、非難する声が多いようだった。

（女は自分らしく生きることが許されないのか）

りょうは信子のために悲しんだ。

信子の行方が分かったのは六日後のことだった。佐々城家に出向いた独歩に対し、信子の母は、

「京橋木挽町（こびきちょう）の浦島病院にいます。ですが、決してあなたに会おうとはしませんよ」

と告げた。

あまりに度々、独歩が訪ねてくるため、信子の母は世間体を気遣ったのだ。さらに、独歩から無理やり信子を隠したのではないかと疑いを掛けられることも迷惑だと思ったのだ。

独歩はさっそく浦島病院に駆けつけた。

このとき、独歩は場合によっては、信子を刺し、自分も死のうと思って刃物を懐中に

持っていたという。

だが、必死で面会を願ってようやく通された病室には、食事も喉を通らず衰弱した信子がいた。

「わたしだ――」

独歩はひと言、口にしたが、弱り切っている信子にそれ以上のことは言えなかった。

しばらくして、目を開けた信子は、

「もう、あなたとは――」

とかすれた声で言った。

「どうしても駄目だというのか」

独歩は落胆した。

この日は、医者や看護婦の手前もあり、独歩は病室を後にした。その後、信子に手紙を送り、戻ってくれるよう説得したが、信子の意志は固かった。

「このまま別れさせてください」

と言い募るばかりだった。

信子の拒む言葉を聞くたびに独歩の顔は悲しげに歪(ゆが)んだ。

独歩は思い悩んで寄宿舎のりょうを訪ねた。

りょうが従妹である信子の気持を、一番よく知っているのではないか、と思ったのだ。

「わたしは、最初から、信子を失うのではないかと思って怖かった」

独歩はため息まじりに話した。

「わたしが小説を読み、恋に憧れたのは確かだろう。しかし、信子はそれ以上の女性だった。だから、わたしは何としても信子を自分の物にしたかったが、結婚した日から、新たな悩みができました」

独歩は眉をひそめた。

「信子さんを失うのではないかという不安を持たれたのですか」

りょうはうかがうように独歩を見た。

「そうだ。わたしは貧乏暮らしだったから、とても信子に実家でのような暮らしをさせてやれなかった。そんな暮らしに信子は嫌気がさすに違いないと思わずにはいられなかった。だから虚勢を張り続け、貧乏などは辛くないという顔をしていた」

「そんなに心配しなくてもよかったのではありませんか」

りょうが同情して言うと独歩は首を横に振った。

「いや、それは、与えようと思えば、与えることができるひとの考えです。どんなに与えようとしても、それができない人間はおびえるしかない」

そのため、独歩は信子に来る手紙は必ず自分が先に開封して中をたしかめ、返事も夫婦共同で出すようにした。

さらに信子への来客があれば、必ず独歩か母親が同席して、決して信子をひとりにはしなかった。

「そうやって、まるで蝶を籠に閉じ込めるようにしたのだ。逃がすまいとすればするほど、蝶は逃げたくなるものだとわかっていたのに」

独歩は悔いるように言った。

そうですか、とうなずいたりょうは、先日、独歩から信子への思いを綴った手紙をもらったとき、読んで泣いてしまった、と打ち明けた。

独歩には独歩の悲しみがあることが手紙から伝わってきたのだ。

信子が家を出る決心をするための合図を送ったのは、自分だと思うだけにりょうは辛かった。

りょうは頭を下げてから、隼町の家を訪ねたときのことを話した。

「そうだったのか」

独歩は寂しげに笑った。

「時々、明け方に信子が帰ってきた幻を見る。戸口のところに信子が立っているような気がして、あわてて出ていくと風雨が激しいばかりだ。そんな幻を見た後では思わず涙を流してしまう」

真摯な口調で言う独歩にりょうは何度もうなずいた。様々なことを話した後、辞去しようとする独歩を見送るためにりょうは寄宿舎を出た。

よく晴れた日だった。

独歩の悲しみとは無縁のさわやかな風が吹いていた。洋服でステッキを手にした独歩と海老茶の袴をつけたりょうが歩いていくとひと目を引いた。

ふたりが九段(くだん)坂下を歩いていると花屋を見かけた。

りょうは、花屋の前に行って、

「お慰めに菫(すみれ)の花を買って、国木田さんにお送りしようかと思っていました」

と話した。

「それは嬉しい」

独歩はしみじみとした表情になった。そして、ふと、思いついたように、

「菫はわたしが買って持って帰ろう」

と言い出した。

「いえ、わたしがお送りしますけれど」

りょうが言うと、独歩は頭を振って笑った。

ひさしぶりの笑顔だった。

独歩は財布を出すと菫の鉢植えを買った。それを抱えて去っていく独歩の後ろ姿をり

ようはいつまでも見続けた。
後に、独歩からりょうのもとに手紙が寄せられた。手紙には、一篇の詩が書かれていた。

菫の花はいかにせし
君がおくりて慰めし
かの花今はいかにせし
嬉しき夢を去年の春
見果てし朝の悲を
君が誠の涙もて
灑ぎし花を力にて
夕べ僅にしのびにき。

かの花今は如何にせし
とても果敢なき我れなれば
我れを見捨てゝ枯れにしか。

かの花とは、信子のことに違いなかった。

これほどまでに思い切ることができない男女の縁とはいったい、何なのだろう、とりようは思った。

独歩がどれだけ説得しても信子は承知しなかった。これ以上の説得は無理だ、と独歩もようやく納得した。

信子の両親を訪ね、

「別れることにいたしました」

と報告した。

このため、仲人の蘇峰に挨拶したうえで、正式に離婚の手続きをとった。だが、独歩と信子の縁はまだ切れたわけではなかった。

独歩の子を信子は身籠っていたのだ。

信子が病院に入っていたのは、独歩から身を隠すためではなく、悪阻で具合が悪かったのだ。しかも、妊娠について信子自身、気がついてはいなかった。

信子の波乱の人生はまだ続く。

四

信子が独歩の子を産んだのは、翌年正月のことだった。

りょうは叔母の家を訪ねたところ、信子が病院で産気づいたことを知らされ、この日、寄宿舎には使いを出して断りを入れ、叔母の家でねんねこを懸命に縫った。

生まれたのは女の子で浦子（うらこ）と名付けられた。浦子は信子の父親、佐々城本支の子として里子に出された。

浦子が里親に引き取られた後、りょうは叔母の家を訪ねて信子と話した。

「そうするしかなかったのかしら」

りょうはわが子を里子に出した信子の気持を尋ねた。

信子が両親の説得によって里子に出すことにしたものの母親としてわが子と別れたくない気持を打ち明けるかと思った。

だが、信子は何を思ったのか独歩のことを語り始めた。

「わたしは国木田のことは好きだったけど、結婚しようって言われて怖くなった。あのひとには、女をわが物顔で扱うところがあったし、わたしは女房扱いされると侮辱を感じたわ。国木田からの手紙に、未来の妻よ、って書いてあった。それを読んで、わたしはとても嫌な気持がした。なぜ、こんな風にわたしが国木田のものだ、というようなことを書くのだろう、と思った」

「そうだったの」

相槌を打ちながら、りょうは目を丸くした。いままで信子はこんなに赤裸々に独歩のことを語ったりはしなかった。

たとえ、自分の意志に従って独歩のもとを出てきたにしても、慎ましやかで、独歩への愛情もいまなお胸に秘めているように思えた。

だが、子供を産んだことで、信子は何かが変わったようだった。ふてぶてしく、どこかひややかになっていた。

信子は笑みを浮かべて話を続けた。

「それにあのひとはとても焼餅焼きで、わたしを自由にしてくれなかった。わたしはしつこいのが大嫌いなの。だから、国木田と一緒になったとき、初めから逃げ出そう、逃げ出そう、と思っていたのよ。だって、わたしには嫉妬なんか馬鹿馬鹿しくってできゃしないんですもの」

信子はおかしげに、くっくっと笑った。このときになって、りょうは信子が我の強さにおいて、独歩に勝るとも劣らないことを知った。

しかし、そのことがりょうは不快ではなかった。信子は子を産んだことで、自分を偽らずに生きていくという覚悟が定まったのかもしれない、と思った。

東京に出てきてから、何度も会っていた信子の顔がそれまでの淡い絵の具で描いたような、ふわりとした感じではなく、輪郭がくっきりとして、話している相手に常に何事かを伝えようとしていると感じさせるようになっていた。


りょうはこの日を境に何年も信子と会うことがなかった。

その間に信子は思わぬ人生の転変を生きた。

四年後、信子の両親は相次いで亡くなった。すると親類たちは、母親の豊寿が北海道の代議士森氏と親交があり、森氏の息子、広と信子を結婚させたいと考えていたことを盾にとって強引に結婚話を進めた。

明治三十四年のことである。

信子はこの話を嫌がったが、両親が亡くなり、苦境にあったため、断る術（すべ）もなく、とうとう結婚が決まった。

信子が独歩と別れてから五年後のことだった。

当時、森広は農務省の農業練習生としてアメリカに留学していた。親戚たちは、独歩との離婚で世間に悪評がたった信子を広のもとに遣るのが一番だと考え、鎌倉丸（かまくらまる）でアメリカに向かわせた。

どうしても納得がいかない信子は、船旅の途中で船の事務長である武井勘三郎と恋仲になった。

信子はシアトルに着くと、広のもとへは行かず、同じ船で帰国した。さらに武井と同棲（どうせい）を始めた。

このことは新聞に書きたてられて醜聞となった。婚約者のもとへ向かおうとしていた富裕な女が船員と恋愛して婚約者を捨てアメリカから日本へと舞い戻ったのである。しかも船員には妻がいた。

いかにも扇情的であり、通俗な興味をかきたてた。その女が高名な作家である国木田独歩と駆け落ちしながら、貧乏を嫌い、わずか数カ月で独歩を捨てて親元に逃げ戻った人物とあっては、新聞の読者にとって格好の糾弾の的だった。

ふしだらな尻軽女だという謗（そし）りが嵐のように浴びせられた。

この事件で武井は日本郵船を辞めさせられた。武井の妻は離婚に応じなかったので、二人は正式な結婚ができなかった。だが、信子は武井との間に一女を儲（もう）け、瑠璃子（るりこ）を産んだ。その後、信子は妹ふたりを引き取って武井と佐世保（させぼ）で旅館を経営して暮らした。

信子の一件が新聞で騒ぎになると、独歩がりょうのもとを訪ねてきた。

新聞には信子が独歩のもとから逃げ出した後、産んだ独歩の子を里子に出したことまで書きたてられていたからだ。

独歩は新聞をつかんで、

「これは本当のことなのか。信子はわたしの子を産んだのか」

と激しい口調で言った。

りょうはやむをえず、浦子の写真を見せた。

五歳のときにとった写真である。独歩は震える手で写真を受け取ると、食い入るように見つめた。そして、しばらくして、

「ああ、わたしの子だ」

とつぶやいた。

写真の浦子は独歩に似てかぼそく、不安げな表情をしていた。

独歩の目に見る見る涙があふれた。

いつもの激しい独歩ではなく、憑き物が落ちたように、悲しげで寂しそうな男がそこにいた。

りょうは信子が子供を産んだのを黙っていたことを詫びた。

だが、独歩は予想に反して怒らなかった。

「いや、すべてはわたしが悪かったのだから」

独歩は信子へのわだかまりを捨てたように言った。

「それでは信子さんを許していただけるのですか」

りょうが訊くと、独歩は頭を大きく縦に振った。

「許すも許さないもない。ひとは皆、自由なのだ。それぞれが生きたいように生きるべきだとわたしは考えている」

独歩は淡々と言った。そして自らの詩を詠じた。

山林に自由存す
われ此句を吟じて血のわくを覚ゆ
嗚呼山林に自由存す
いかなればわれ山林をみすてし

あくがれて虚栄の途にのぼりしより
十年の月日塵のうちに過ぎぬ
ふりさけ見れば自由の里は
すでに雲山千里の外にある心地す

眦を決して天外を望めば
をちかたの高峰の雪の朝日影

鳴呼山林に自由存す
われ此句を吟じて血のわくを覚ゆ

なつかしきわが故郷(ふるさと)は何処(いづこ)ぞや
彼処(かしこ)にわれは山林の児(こ)なりき
顧(かへり)みれば千里江山(かうざん)
自由の郷(さと)は雲底に没(ぼつ)せんとす

独歩は詠じ終えるとりょうに穏やかに会釈して去っていった。

その後ろ姿を見ながら、りょうは、信子にとって、やはりふさわしい男は独歩だったのではないか、と思った。

独歩は激しく、相手のことを考えるところが薄かったが、歳月を経るにつれ人柄が深みを増したようだ。

独歩だけが、信子の自由な生き方を認めることができたのではないか。りょうはそう思ったが、すべては取り返しのつかないことだった。

ところで森広の友人にある文学者がいたことが、信子の人生を数奇なものとした。その文学者は、広と札幌農学校で友人だった、

——有島武郎（ありしまたけお）である。

五

有島は明治十一年、東京小石川水道町（こいしかわすいどうちょう）に生まれた。学習院を経て札幌農学校に学んだ。在学中にキリスト教に入信し、内村鑑三（うちむらかんぞう）の影響を受けた。信子がアメリカに渡り、そのまま帰国してから二年後、有島はアメリカに留学した。友人の広とアメリカで再会した有島は、婚約者の信子が別な男のもとに走った辛い一件を詳しく聞いた。

このとき、有島はキリスト教の信仰を持っていただけに広に同情し、信子を憎んだ。

（これは小説に書けるに違いない）

このころから文学に関心を抱いていた有島は信子に興味を持った。だが、その気持には不思議に有島の心をざわめかせるものがあった。

駆け落ち同然に結婚した独歩のもとから、わずか数カ月で逃げ出し、婚約者のもとに向かう途中で乗っていた船の船員と恋仲になって、婚約者のもとへ行かなかった女のことを考えると蔑みや憎悪だけでない感情があった。

――なぜだろう

そう思ったからこそ、有島は信子を書こうとしたのだ。

有島は明治四十年に帰国、その後、母校の農科大学英語教師となり、結婚したが、このころから信仰がゆらぎ、明治四十三年、棄教した。同時に友人の武者小路実篤らが創刊した、

――白樺

に加入して創作活動を開始した。この時期、『或る女のグリンプス』と題して書き始めたのが、信子をモデルにした小説だった。

この小説は『或る女』と改題して九年にわたって書き続けられ、大正八年に刊行されて、有島の代表作となった。

『或る女』は、キリスト教婦人同盟副会長を母にもつ美貌で多感、才知溢れる早月葉子の物語だ。葉子は従軍記者として名声をはせた木部孤笻と恋愛結婚するが、二カ月で離婚する。

その後両親を失った葉子は婚約者木村の待つアメリカへと船で向かうが航海の途中、事務長と恋愛して、そのまま帰国する。

信子の人生がモデルとなっていることは明らかだ。

帰国後、事務長は失職して行方を晦ます。葉子はその後、恋を重ねつつも心身ともに

傷つき、下町の病院の一室で過去を後悔しつつ死んでいく。社会の枠にとらわれず、不羈奔放に生きた女性が敗れ去っていくまでをリアリズムで描いた作品だ。

冒頭は葉子がアメリカ行きの切符を買うために古藤という青年と連れだって列車で横浜に向かうところから始まる。

そして列車の中で葉子は誰かに見つめられていることに気づく。離婚した前夫の木部孤節だ。葉子は木部に気づくが驚かない。

葉子は美貌に自信を持ち、男と対等に振る舞おうとするが、コケティッシュな魅力を振り撒き、男を翻弄することをためらわない女として描かれる。

――葉子はその人の傍にでもいるように恍惚とした顔付きで、思わず識らず左手を上げて――小指をやさしく折り曲げて――軟かい鬢の後れ毛をかき上げていた。これは葉子が人の注意を牽こうとする時にはいつでもする姿態である。

葉子は本能的に男を惑わせ、自らの虜にしようとする女なのだ。それだけに男が葉子を軽んじる素振りをわずかでも見せると許さず、残酷に復讐せずにはいられない。

――木部の眼は好意を込めた微笑に浸たされて、葉子の出ようによっては、直ぐにも物を云い出しそうに唇さえ震えていた。葉子も今まで続けていた回想の惰力に引かされて、思わず微笑みかけたのであったが、その瞬間燕返しに、見も知りもせぬ路傍の人に与えるような、冷刻な驕慢な光をその眸から射出したので、木部の微笑は哀れにも枝を離れた枯葉のように、二人の間を空しくひらめいて消えてしまった。葉子は木部のあわて方を見ると、車内で彼れから受けた侮辱に可なり小気味よく酬い得たという誇りを感じて、胸の中がややすがすがしくなった。

葉子にとって男との関係は常に征服することにほかならない。だが、有島の創作意図が葉子を批判することだけにあったわけではない。

有島は『或る女』を刊行した後、文芸評論家の石坂養平宛ての書簡で、次のように述べている。

――あなたは女性が男性の奴隷であるといふ事実をお認めになりませんか。(中略)何物も男性から奪はれた女性は男性に対してその存在を認めらるゝ為めに女性の唯一の宝なる貞操を売らねばなりませんでした。(中略)然しこの不自然な妥協は如何して女性の本能の中に男性に対する憎悪を醸さないでゐられませう。男女の争闘はこゝから生れ出ます。同時に女性はまだ女性本来の本能を捨てる事が出来ません。即ち男子に対する純真な愛着です。この二つの矛盾した本能が上になり下になり相剋（そうこく）してゐるのが今の女性の悲しい運命です。私はそれを見ると心が痛みます。「或女」はかくて生れたのです。

男女の間柄を闘争であると見なした有島にとって葉子はあらゆる誇りに抗って闘い続けるヒロインだったのだろう。

ところで、『或る女』が刊行されると、信子も読む機会があった。

葉子が悲惨に死んでいくという結末は信子にとって受け入れ難いはずだったが、信子は静かに本を閉じて何も言わなかった。

大正十二年（一九二三）五月のことである。

二年前、夫の武井は亡くなっている。

四十四歳の信子は東京の小石川に住んでいた。武井の勧めで里子に出した浦子を一時、引き取った。だが、浦子は同居する信子の妹の愛子（あいこ）と義江（よしえ）になじめず、たびたび家出を繰り返していた。そんな浦子の心には明治四十一年に亡くなった実父の独歩のことがあるようだった。

そんな家の中の軋轢（あつれき）もあるためか、『或る女』に妹の義江は憤って、

「この小説はあまりにひどいじゃありませんか」

と信子に言った。信子は微笑して答えた。

「わたしはもう一言も弁解はしないことにしているの」

信子は自分の生き方にゆるぎがなかった。だが、義江はそれではおさまらなかった。

「これではお姉様は生きながら殺されたのも同然じゃありませんか。わたしは許せません」

義江は声を震わせて言った。肉親だけに信子がこれまで真摯に生きており、驕慢な葉子とは違うことをよく知っていた。

このころ、有島はホイットマンやイプセンに関する研究や評論などで文壇で高い評価を得ていた。有島の学殖と白樺派らしいヒューマニズムは若い知識人からも支持を得ており、名声が高かった。

そんな有島が書いた『或る女』はすべてが真実だと思われかねない。

「お姉様はたとえば、国木田さんや武井さんへの気持が小説に書かれた通りだと思われてもいいの」

「わたしはひとにどう思われても気にしない」

「お姉様はそれでいいでしょうけど」

義江は首をかしげる。

「だとしても、どうしたらいいの。わたしは小説が書けるわけじゃないから、これが本当のわたしですと小説にするわけにはいかないわ」

　落ち着いた声で信子が言うと義江はうなずいて、

「ふたりでこの有島という小説家に会いに行きましょう。そして、お姉様と葉子という女が同じかどうかはっきりさせましょう」

　義江に言われて信子は考え込んだ。

『或る女』の葉子を信子は嫌いではなかった。まさか、自分が葉子だとは思わない。だが、葉子は自らに誠実であろうとして自らとまわりを傷つけていく。それは自分と同じではないか。

　そこまで考えたとき、信子は有島に会ってみるのは面白いかもしれない、と思った。信子に会った有島は小説の中から葉子が現れたと思うだろうか。それともまったく違う女だと思ってうろたえるだろうか。

　信子の胸に有島に会おうという気持が湧いたのを見てとった義江は、有島に抗議の手紙を送って面会を求めた。

　有島からは応じる返事が来た。

　義江は張り切って、信子とともに有島に会いに行くおりの着物を選ぶなどし始めた。そんな義江と信子にとって思いがけないことが起きた。

　ある日、ふたりは新聞を読んで息を呑んだ。

◇

七月八日の新聞だった。

前日、軽井沢の別荘で有島は人妻の婦人記者、波多野秋子(はたのあきこ)と首をつって心中している のが発見された。

自殺したのは、ひと月前の六月九日と見られた。有島、四十五歳、秋子、三十歳だっ た。

夏のことだけに遺体は腐乱していた。

有島と秋子は一年前の九月、帝劇の公演「瀕死の白鳥」を見にいった際、席を前後し たのが縁となって知り合った。有島は六年前に妻を失い、三人の子を育てていた。この ため有島にはためらいがあったが、秋子は手紙を送るなど積極的だった。

秋子は十数歳年上の波多野春房(はるふさ)の妻だった。大正元年、十九歳の時に実践女学校を卒 業した秋子は、英語の個人教授をしていた春房と恋愛関係に陥った。春房は前妻を離縁 して秋子と結婚した。秋子は結婚後、女子学院英文科に入学、大正三年に卒業し、青山 学院の英文科に入学、卒業後『婦人公論』の編集者となった。

眼が大きく、生き生きと輝き、彫の深いととのったギリシャ彫刻のような顔立ちで銀座などを歩いていると誰もが振り向く美人だった。

有島と心中する三カ月前、秋子は当代きっての人気作家である芥川龍之介から原稿をとって周囲を驚かせた。ほかの編集者が頼んでもなかなか書かない芥川が、秋子が依頼すると三日で書き上げたという。

そんな秋子が近づいたとき、有島は思想的な悩みを抱えていた。深刻な不況の中、貧困は増大し、米騒動や労働運動が激しくなっていた。

有島の人道主義ではこれらの社会矛盾に立ち向かうことができなかった。有島は親から受け継いだ財産の放棄、北海道狩太に所有する広大な有島農場を開放して、小作人たちに共同管理させたが、社会の注目を集めるだけで個人の善意が社会をわずかでも変えることはない、という現実を突きつけられた。

それだけに秋子との仲は深まった。この当時、姦通は犯罪である。告発されれば、投獄される。秋子の夫である春房から姦通罪で訴えると言われ、金を要求された有島は死を決意した。

有島と秋子は八日夜、新橋駅から金沢行きの急行列車に乗った。深夜、雨のそぼ降る軽井沢に着いた。このときのことを有島は遺書に記した。

　山荘の夜は一時を過ぎた。雨がひどく降ってゐる。私達は長い路を歩いたので濡れそぼちながら最後のいとなみをしてゐる。森厳だとか悲壮だとかいへばいへる光景だが、実際私達は戯れつゝある二人の小児に等しい。愛の前に死がかくまで無力なものだとは此瞬間まで思はなかつた。

恐らく私達の死骸は腐爛して発見されるだらう。

また、秋子の夫にあてた遺書も公開された。

春房様

とう〳〵かなしいおわかれをする時がまゐりました。刻々おはなし申上げた通りで、秋子の心はよくわかつて下さること丶ぞんじます。私もあなたのお心がよくわかつてをります。十二年の間愛しぬいて下すつたことをうれしくもつたいなくぞんじます。わがまゝのありたけをした揚句にあなたを殺すやうなことになりました。それを思ふと堪りません。

あなたをたつた独りぼつちにしてゆくのが、可哀相で〳〵でたまりません

ふたりは、別荘で最後の愛を交わし、翌日未明、応接室の梁（はり）に女物の伊達巻としごき

をかけて首を吊ったのである。

有島の自宅の書斎からは、辞世の歌が見つかった。

世の常のわか恋ならはかくはかりおそましき火に身はや焼くへき

あたかも何かに魅入られたかのようなふたりの死だった。

◇

新聞を読んで信子は呆然とした。

思えば有島と信子は同年に生まれ、同じ歳だった。

おそらく死を決意したころに、義江が送った抗議の手紙を有島はどのような思いで読んだだろうか。

社会からの糾弾を思って身も痩せ細る思いでいた有島にとって、『或る女』のモデルとなった信子からの抗議は、さらなる一撃となったのだろうか。

それとも、死を思うようになっていた有島にとっては何ほどのこともない手紙で、だからこそ心にもない約束をしたのだろうか。

いずれなのかはわからない。

ただ、新聞は美貌の魔性の女である波多野秋子が偉大な作家を籠絡して心中したように書き立てている。

(わたしの時と同じだ)

社会はなぜ女を憎むのだろう、と信子は思った。

有島は『或る女』を書いたことによって、葉子のような女と出会うことを宿命づけられたのかもしれない。

もし、そうだとしても女はなぜ、そのような運命に立ち入っていくのか。ひょっとしてそれ以外に愛し方を知らないのだろうか。

信子は静かに新聞を閉じると二度と開こうとはしなかった。

関東大震災から約二カ月前のことである。

その後、信子は義江の病気療養のために栃木県真岡(もおか)市に移った。日曜学校を開くなどして波乱の青春時代とは変わった静かな晩年を過ごし、戦争の時代を乗り越え、昭和二十四年、七十一歳で亡くなった。

六

国木田独歩は明治三十五年に、

――鎌倉夫人

という短編を発表した。

独歩はその五年ほど前に信子と別れ、小説を書くために日光の照尊院に籠って『源叔父』を書き上げて小説家として出発した。三十歳になる明治三十四年、雑誌に連載した十八編の小説を収めた『武蔵野』を出版した。

これが小説家国木田独歩としての初めての出版だった。だが、文壇は幸田露伴(こうだろはん)や尾崎紅葉(おざきこうよう)ら大家の時代で、ワーズワースの詩に影響を受けた清新な詩情が持ち味の独歩の作品は受け入れられなかった。

このため明治三十五年二月、同じ貧乏文士の友人たちと、鎌倉の御霊神社境内の借家に入った。

原稿の依頼もないまま独歩は友人たちと由比ヶ浜(ゆいがはま)を散歩し、夜は酒宴にふけった。このため借家を追い出されると別な借家に移り、今度は真面目に執筆するようになった。

だが、いまなお文壇の評価は低く、暮らしは苦しかった。

そのころ信子を見かけたのだ。

◇

『鎌倉夫人』の主人公、柏田勉は滑川にハゼを釣りに行く。長谷から海濱院の前を通って材木座のほうへ行く道に橋がかかっている。その橋の下で乱杭に蹲まって釣っていると、男女が橋を渡っていく下駄の音が聞こえてくる。何げなくふたりの会話に耳を傾けていると、女の声に聞き覚えがあった。

このあたりに住んでいたのでしょう、という男の問いかけに、

――ハイ、半年余り住んで居ました。もう古いことです

と答えているのは、紛れもなく、柏田が六年前に別れた妻の、

――杉愛子

だった。別れた妻と橋の上と下で出くわすという奇縁に柏田は動転した。

それだけでなく、柏田は、友人や義妹から愛子の芳しくない噂をたてつづけに聞いていた。ふたりとも、愛子を名前ではなく、

――鎌倉夫人

と呼ぶ。ふたりによれば、愛子は柏田と別れた後、次々に情人をつくっているという。

さらに、洋行の際に乗った船の船長と怪しい仲になった。このため汽船会社では筧という男を鎌倉夫人の見張りにつけた。

ところが鎌倉夫人はこの筧という妻子がある男を籠絡して、いまでは麻布聖坂で夫婦然として暮らしているという。

橋の上のふたりは立ち止まって柏田を見下ろしながら釣りの話をしている。柏田は海水浴用のつばの広い麦わら帽子をかぶっているから顔は見えない。

愛子も柏田だとは気がつかないだろう。いや、鎌倉にいたとき、ふたりでこのあたりに釣りに来たことがあるから、橋の上から見下ろしただけでも気づくのではないか。

わかっていて知らぬ顔をしているのかもしれない。

そんなことを考えているうちにふたりは去ってしまった。柏田の胸には結婚してわずか数カ月で去っていった愛子への複雑な思いが湧いた。

愛子との間に愛情はあったのだろうか。ただ、恋をして、ともにいたかっただけではないのか。そしていま愛子とともにいる筧という男も同じことではないのか。

愛子の情人となった男たちも何かに惑わされただけではないのか。

柏田は三年前、新橋の停車場で一度、愛子と会ったことがある。そのとき愛子は笑みを含んで柏田に近づき、

——しばらくで御座いました

と言いざま、手を伸ばして握手をした。そして二言、三言、平然と挨拶して別れていった。

愛子は度胸のある女なのだ。自分が鎌倉にいるかもしれないと知りながら、なぜ男と連れだって来たのだろう。

柏田はふたりと会って話そうと決意する。

◇

独歩が本当に信子を鎌倉で見かけたとすれば、りょうを訪ねて、浦子が自分の娘なのかと問う前のことだろう。

なぜなら、この短編には娘については何も書かれず、信子との愛情の問題だけが関心の的だからだ。

信子と別れた後、鎌倉丸での醜聞を伝え聞いた独歩は信子と再会して何を言おうとするのか。あるいは、信子が何と答えるのかがこの小説の核心だろう。しかし、不思議なことに、愛子はどことなく有島武郎の『或る女』の葉子に似た面差しを見せるのだ。

◇

柏田はふたりが泊まっていると思われる旅館の見当をつけて翌朝、その旅館に向かった。だが、滑川沿いを歩いていると、ふたりがこっちにやってくるのが見えた。

――僕は川の此方に立ち、二人は彼方の水際に立ち川幅三四間を隔てゝ僕と愛子は顔を見合はした。

僕は黙つて居る、愛子も黙つて居る。喜怒哀楽を容易に顔に出さない彼女は、真面目な顔をして僕を見て居たが、静に踵を転じかゝつた。

「愛子さん!」と僕は一声呼んで、直ぐさま膝までも届かない此川口の瀬を渡つた。

筧ならんと思ふ男は驚いて僕を見て居る。

向こう岸からじゃぶじゃぶと川に入って愛子に近づいた柏田はふたりだけで話したいと愛子に言う。筧が遠慮して少し離れるとふたりは息詰まるように会話する。

――「貴女と此処に住んで居た時から最早六年になりますよ。」

「最早そんなになりますかね、此間のやうですが早いものですね。」

と言つて愛子は嘆息をした。

「以前のことを思ふと夢のやうですね。」

「けれども彼の夢は楽しう御座いましたね。」

と言つて愛子は一寸僕の顔を見たが又直ぐ下を向いて終つた。

「しかし最早醒めて了つたから仕方がありません。其後貴女は度々楽しい夢を見たでせう。面白い夢を？」

「貴所はさうお思ひになつて？」

「たゞ聞いて見るのですよ。」

（中略）

「こんなことを聞いて私を苦しめんでも可いぢやア有りませんか。私は最早一生独身と決定て居るのですよ。」

「それが可いでせう、自由で。」

「さうですよ、死にたい時に死ねますから。」

と言ふ声は半分泣いて居る。

◇

柏田は自分のもとから去っていった愛子が他の男といるのを見て、懲らしめてやろうとする。それが、

――嫉妬

なのは明らかだ。だから、愛子を決めつける言葉はことごとく、未練たっぷりの愚痴である。しかもそれを愚痴と思いたくない男の見栄でさらに醜態をさらしていく。

一方、女は自らが弱い存在であるかのように演じつつ、情の駆け引きで男の喜びそうな言葉を発して、しだいに弄んでいく。

責め立てているはずの柏田は、愛子がにじり寄って、

――此の先私の力になつて下さいな、ね

と迫ると、力になることは情人(いろ)になることだ、と途端に逃げ腰になる。そして筧に愛子を託してそそくさと立ち去ってしまう。

結局、柏田は何がしたかったのか。自分のもとから去った愛子を責めて、後悔の言葉を引き出したかったのだろう。

だが、愛子はそんな言葉を口にするのは平気だった。おそらく男と女の自尊心の在り

場所が違うのだろう。

男は口先だけでも、あなたが一番だ、と言って欲しく、女は男が自分に執着していることを確認すればそれでいいのだ。

言葉など何にもならない。

最初にそう見切っているのは女の方なのだろう。

独歩は明治四十一年六月、亡くなる。享年三十六。

死の数日前に次のように遺言した。

――生や素より好し、されど死亦悪しからず。疾病は彼岸に到達する階段のみ、順序のみ。又吾生の一有事たりと稽ふれば、別に煩悶するを要せず。

死を控えて、見事に悟っていた。しかし、この遺言を述べた後、独歩は不意に、

「悲しくなった」

と言って泣いた。

独歩は何が悲しくなったのか。ひょっとすると、若き日に愛した信子がかたわらにいないことだったのではないか。

『鎌倉夫人』の末尾で、独歩はこう問いかけている。

――鎌倉夫人は毒婦だらうか、ハイカラ毒婦だらうか。

この問いとともに独歩は息を引き取ったのかもしれない。

第四章　オフェリヤの歌

一

明治二十九年（一八九六）一月——

りょうは巌本善治校長から校長室に呼び出された。何事だろうと思って行くと校長室には巌本校長とともに、生徒たちが、

——クララ先生

と呼ぶ梶クララという英語の女性教師がいた。白い詰襟の洋服を着ている。

クララ先生はアメリカ人で年齢は三十四歳、日本人男性と結婚しているという話だった。聡明で美しい女性だ。

明治女学校の生徒たちにとって憧れの的だった。

りょうはクララがいることに驚きながらも巌本の机の前に進み出た。巌本は鬚をしごきながら、

「この新聞を読んでみたまえ」

と言って、りょうに机の上の新聞を読むようにうながした。

一月十九日付けの『中央新聞』である。

巌本がりょうに読ませたいと思った記事は朱筆で囲ってある。

りょうは読み進むうちに目を瞠り、思わず、

「こんなの嘘です」

と叫んでいた。記事は次のようなものだった。

◉女学生の身投げ　此の両三日前の夜の事なりき麹町区富士見町二丁目十五番地島貫某氏の邸の井戸へドンブリ飛び込んだ水音がしたので同家でも吃驚しハテ古池なら蛙とも思はれるが今の水音は蛙や猫の飛び込んだ位の事ではなしと大勢寄つて集つて見下すと二十斗りの美人が浮きつ沈みつして居るので早速救ひ揚げて介抱して居る処へ一人の男が喘ぎ〳〵跡追つ掛けて来り厚く謝辞を述べたる後今宵の事は此場限り何卒此儘御内分にと件の女を引き連れて鼠狐〳〵に立ち去りたるが

さらに記事では井戸に飛び込んだ女の身元を、

——元宮城女学校生　保科龍（廿、但し匿名）

としてあった。匿名というが、りょうの名前、星りょうとほぼ同じであり、元宮城女学校生とあれば、りょうを名指ししているのに等しかった。

「ひどい、あんまりです」

新聞を握りしめているりょうの手が震えた。記事では保科龍は同じキリスト教徒の加藤重松（二十七、匿名）と男女の間柄となり、故郷を出てフェリス和英女学校の助教となったが、異性問題を起こして辞め、明治女子学院に移ったときに、かつての恋人である重松と再会し、同棲していた。だが、かつての異性関係を重松に責められたため、家を飛び出し、井戸に身を投げたのだ、とあった。

「身に覚えはないのだね」

巌本がたしかめるように訊いた。

「まったくありません」

りょうはきっぱりと言った。

「匿名だということだが、加藤重松という男に心あたりはないかね」

「そんな名前のひとは知りません」

りょうが言い切ると、巌本はしばらく考えてから、

「それでは女が飛び込んだ井戸がある家の島貫某というひとはどうかね」

りょうは、あっと声が出そうになって口を手で押さえた。

「島貫兵太夫さんなら知っています。仙台藩士の家に生まれて仙台神学校に通われたキリスト教徒の方です。わたしは日曜学校でよく教えていただきました。二年前に東京に出てこられ、日本橋の教会で牧師をされながら、海外でキリスト教を広める社会福祉の仕事をされています」

「その島貫さんの家へ行ったことはあるのかね」

巌本はじっとりょうを見つめた。

りょうはうなずいた。

島貫は富士見町の自宅を同郷の若者たちの溜まり場として開放していた。りょうも明治女学校からさほど遠くない富士見町の島貫宅をたまに訪れ、若い仲間と文学談義に花を咲かせるなどしていた。

「お訪ねしたことはあります。でも、井戸に飛び込んだりはしません」

「そうだろうね。だが、井戸に飛び込んだ女は実際にいたのかもしれない。そのことをネタに君に濡れ衣を着せた奴がいるということだね」

巌本に言われて、りょうはぞっとした。

なぜ、そんなことをされねばならないのだろう。しかも新聞に出たからにはどのように世間に伝わるかわからない。

りょうが背筋がつめたくなる思いでいると、巌本は言葉を継いだ。

「記事の最後を読んでみたまえ。どうも、この記事を書いた記者はキリスト者を貶めたいようだ」

りょうはあらためて記事の最後の部分を読んだ。そこには、

――今に始ぬ事ながらバイブルを媒に男女の獣欲を恣にして恥を世に曝すとは誠に是ぞ呆れ蛙の面に水で即ち蛙面とはチト六かしい洒落なるべし

と明らかにキリスト教への悪意を感じさせる書き方がされていた。

「校長先生、わたし、この記事を書いたひとに会って訂正させます」

りょうは憤然として言った。泣き寝入りはできない、と思ったのだ。

巌本はうなずくと、えへんと咳払いした。

「無論、わたしも訂正記事を出させねばと思っている。だが、本人が行っても、相手はすれっからしの新聞記者だ。到底、相手にしてもらえんだろう。そこで、こちらも脅してかかる必要がある」

りょうは目を丸くした。明治女学校の名で新聞記者を脅すことができるのだろうか。

りょうが訝しげな表情でいることに気づいたらしく、

「何もわたしが新聞社に押しかけようというのではない。さる御方にお出まし願おうと

いうのだ」

と言った。りょうは疑わしげに訊いた。

「さる御方と言われますと」

巌本は、ごほんと咳払いしてから、

「勝伯爵である」

と厳かに言った。

勝伯爵とは、幕末、官軍が江戸城を攻めようとした際、官軍参謀の西郷隆盛と単身で会談し、江戸城を無血開城して江戸の町が火の海となることを防いだ、

――勝海舟

のことである。

明治になって勝は海軍卿として新政府に迎えられ、その後、伯爵を受爵して華族にとりたてられた。

現在は枢密顧問官だ。七十三歳になる。

巌本は勝海舟を尊敬しており、氷川町の勝の屋敷に通っては思い出話や人物談などの聞き取りをしていた。海舟の没後に巌本は聞き取りした内容をまとめて『海舟余波』（後に『海舟座談』）として刊行するのだ。

りょうも巌本が勝海舟を訪ねている話は聞いていたが、雲の上のひとだと思うだけに

あまり関心はなかった。

　巌本はりょうがさほど感激しないのが物足らないのか、空咳をしてから、

「そこで、きょう、勝伯爵の屋敷に行ってお頼みしてきなさい」

　とあっさり言った。

「わたしがひとりで行くのですか」

　りょうは驚いた。維新の英傑である勝海舟をひとりで訪ねるなどとてもできない、と思った。

　巌本は、何を言っているのだ、という顔をして、

「ひとりで行くのではない。クララ先生に連れていってもらうのだ」

「クララ先生がどうしてついてきてくださるのですか」

　巌本は口をあんぐりと開けてから、ため息をついた。

「そうか、君は知らなかったのか。クララ先生は勝伯爵の屋敷に住んでいる。なにしろ勝伯爵の三男梶梅太郎（うめたろう）殿の夫人だからね」

　では、クララ先生の日本人の夫とは勝海舟の息子なのか、と思ってりょうはあらためてクララを見つめた。

　クララは微笑んで手を伸ばし、りょうと握手した。

「りょう、よろしくお願いしますね。新聞が女性の名誉を傷つけるのは許せません。新

聞記事を訂正させること、わたしからもカツ様にお願いします」

クララのカツという発音はcatsに聞こえた。

りょうは、まだ会ったことがない、勝海舟という英傑はcats、すなわち猫のような不思議な男なのかもしれない、と思った。

◇

梶クララことクララ・ホイットニーが日本を訪れたのは明治八年八月のことだった。

クララは当時、十四歳だった。

アメリカのニュージャージーで実業学校を開いていた父親のウィリアム・ホイットニーが後の初代文部大臣、森有礼の招きで日本の学校で商法や簿記を教えるために一家五人で来日した。

ところがウィリアムが教えるはずの学校の準備はできておらず、一家は路頭に迷った。

このことを知った勝が一家を救うために千ドルを贈り、その後も庇護（ひご）した。

勝はホイットニー一家にとって恩人だった。

勝家でクララは四歳年下の梅太郎と出会った。

クララ十五歳、梅太郎十一歳の時だった。梅太郎は勝が安政二年(一八五五)から三年半、長崎の海軍伝習所に赴任していた際、身のまわりの世話をした梶玖磨との間にできた子供だ。

父親の勝は小柄だったが、梅太郎は成長するとがっちりした体格で朗らかな好人物となった。

玖磨は慶応二年(一八六六)に二十五歳で没し、当時一歳だった梅太郎は勝家に引き取られたのだ。

クララは勝気な性格だけに、かわいい弟のような梅太郎に惹かれた。

ふたりはやがて男女の仲となり、明治十九年春、二十五歳のクララは梅太郎の子を身ごもり、結婚した。

ふたりは勝家の敷地に建てられた家に住み、九月には長男が生まれ、梅久(ウォルター)と名づけた。

梅太郎は横浜のドックで働き、クララは明治女学校の英語教師となったのだ。

クララは生活力にあふれ、明治十八年には、

——手軽西洋料理

という料理本を出版した。クララの母アンナが、日本の食材で簡単に西洋料理を作るレシピを書き残しており、これをまとめたもので、後の西洋料理本の先駆けとなるもの

だった。

クララは梅太郎と仲睦まじく暮らし、一男五女の母となっていた。

だが、梅太郎は勝の才気を受け継いでおらず、生活者としては頼りなかったため、子供たちを抱えるクララは明治女学校の英語教師を続けながら奮闘していた。

二

りょうは新聞を手にクララの後をついていく。

勝家に行く間、りょうはクララと様々な話をした。クララは陽気な話し上手で、何度もりょうを笑わせた。

「勝伯爵様とはどのような方でございますか」

りょうが訊くと、クララは即座に、

「叡智の塊のようなひとです。誰もあのひとにはかなわないでしょう。ただ、男性としてどうでしょうか」

と答えた。どことなく勝への批判がありそうなクララの言い方にりょうは興味を持った。

「殿方としてはどうなのですか」

「その殿方という言い方がよくないのかもしれませんね。カツ様は家庭では主君、殿様で女性は家臣のようです」

「威張っている男のひとはいくらでもいますが」

りょうの言葉にクララは顔をしかめて頭を振った。

勝には四人の息子と五人の娘がいる。正妻の民子との間にもうけたのは、長男小鹿、次男四郎、長女夢、次女孝子の四人だけだ。

梅太郎が勝の長崎時代に身のまわりの世話をした玖磨との間にできたように、赤坂の屋敷で働く女たちに手をつけている。

女中頭の増田糸が、クララと同じ歳で親友となった三女の逸子と四女の八重を産んでいた。さらに小西かねが四男の義徴、香川とよが五女のたへを産んでいた。

正妻の民子はこの時代の女性らしく忍従し、糸が産んだ子供たちもわが子として育てた。

糸はその後も女中頭として同じ屋敷で働いた。つまり、勝の家庭は、

――妻妾同居

なのだという。もっとも正妻でない女たちはいわゆる妾として安穏に暮らすわけではなく仕事をしていたのだから、勝ならではの合理主義もあったのかもしれない。

「そうなのですか」

りょうの声は沈んだ。

維新の英傑だというから、どんなにすぐれたひとかと思っていたが、妻妾同居の暮らしをするとは、とんだ、

――狒々爺
だと思った。

りょうの不機嫌な様子を見て、クララはくすくすと笑った。

「ごめんなさい。会う前にカツ様を嫌いにさせてしまいましたか」

相変わらず、クララの発音だと勝は cats に聞こえた。

りょうは頭を振った。

「いいえ、勝伯爵様に会うのではなく cats に会うのだと思えばいいのです。cats なら腹は立ちませんから」

クララはにこりとした。

「あなたは賢いですね。この国で女が生きていくのは大変です。でも失望はしなくてもいいのです。どこかに希望はあるのです。カツ様もかつて官軍が攻めてきたとき、命がけで働いて江戸のひとたちの命を救ったのですから。ひとにはどこかにいいところがあります。希望を捨ててはいけません」

クララはりょうとともに氷川町の屋敷に着くと自分の家には行かず、母屋の玄関で女

中に、カツ様はどこにおられますか、と訊いた。女中は笑顔で、

「お庭で日向ぼっこをされています」

と答えた。クララは大げさにため息をついた。

「またですか。近頃は毎日、日向ぼっこで、ちっとも働こうとされませんね」

「もはやお年なのですから」

きれいな女中がやさしく言うと、クララは、

――ノー
と言った。

「ひとは命がある限り、この世のために働いて、生命を与えてくださった神様に感謝しなければいけません。わたしは死ぬまで働きます」

クララの剣幕におそれをなしたのか、若い女中はあいまいな微笑を残して母屋の奥へと去った。

クララは家にはあがらず庭にまわった。

広い中庭に籐(とう)の大きな椅子が置かれ、羽織を着た小柄な白髪の老人が背を丸めて居眠りをしていた。

(本当に猫みたいだ)

りょうはおかしくなって、歴史的な人物である勝海舟に会うのだ、という緊張が薄れ

た。

クララは頭を振ってから、勝に近づくと耳もとで、

——カツ様
と大声で言った。

それでも勝は目を覚まさないようだったが、やがてずずっと体を持ち上げてにこやかな笑顔で、

「なんでえ、クララじゃねえか。今日は随分と早えがどうした。校長の巌本と喧嘩でもしたのか。断っとくがおいらはあんたの喧嘩の仲裁はしねえよ。とんだ火の粉をかぶることになるからな」

と伝法（でんぽう）な口調で言った。

クララがかすかに顔をしかめたのは、勝の言うことが気に入らないからではなく、舌を巻いた江戸っ子言葉がアメリカ人のクララには聞き取り難いからではないか、とりょうは思った。

その証拠にクララが顔をしかめると、勝は楽しそうに目を輝かせて、さらに巻き舌になるのだ。

クララはため息をついて、

「今日、早く帰ったのは、明治女学校の学生の彼女の頼みをカツ様に伝えるためです」

と言ってりょうに顔を向けた。

りょうは勝に向かって、頭を下げ、

「星りょうと申します」

と告げた。

「ほう、どんな頼みだい」

勝は何げなく言ったが、その言葉にはやさしさがあった。

そのとき、勝は女たちに見境なく手を出したのではなく、女たちが勝を求めたのではないか、という考えが浮かんだ。

りょうが何も言えずにいるのをクララは訝しげに見て、

「りょう、新聞をお見せしなさい」

と言った。

りょうはあわてて持ってきた新聞を差し出した。勝は新聞を受け取ると、懐から眼鏡を取り出してかけた。

新聞の記事は朱筆で囲んであるからすぐにわかる。勝は読み終えて顔を上げた。

「この井戸に飛び込んだってのがあんたかい。随分と勇ましいじゃねえか」

「わたしは飛び込んでなんかいません」

思わず、りょうは甲高い声で言った。

勝はにやりと笑った。

「おや、そうかい。だとすると、この記事はでたらめってことになりゃしないかい」

クララが意気込んで口を開いた。

「そうなのです。このままでは彼女の名誉が傷つきます。だから、カツ様のお力で訂正記事を出させて欲しいのです」

勝はクララとりょうの顔をちらりと見てから答えた。

「それはお安い御用だが、そんなこっていいのかい」

クララが当惑して、

「訂正記事を出させるしか方法はないと思いますが」

勝はあくびをしてから言い添えた。

「だが、訂正記事が出ても、井戸に飛び込んだのは、このひとじゃありませんと世間に言うだけのこったぜ。この記事はまんざらすべてが嘘じゃあるまい。実際に井戸に飛び込んだ女はいたんだろう。その女は本当に助かったのかね。ひょっとすると、そのまま仏になったかもしれないじゃねえか。だけど、近所の奴が飛び込む音を聞いたとしたらどうする。新聞で若い女が痴話喧嘩のあげく飛び込んだと書けばあのときの騒ぎはそういうことだったのか、となるんじゃねえか。ひょっとすると飛び込んだんじゃなくて投げ込まれて殺されたのかもしれねえよ。それをごまかすためにこのひとの名前を使ったとすりゃ奥が深い話だ。とても、訂正記事だけで片がつきゃしないだろう」

勝はおかしそうに言うと、新聞をりょうに返した。

「まあ、もう少し、考えてからどうするか決めることだ。この記事はあんたのことをよく知っている奴が書かせたに違いない。だとすると、話はこれだけじゃすみそうもないよ。世間は怖いぜ、羊の皮をかぶった狼（おおかみ）はたんといる。用心するに越したことはないよ」

勝はそう言うとまた背を丸めて居眠りを始めた。

三

りょうはクララの家の居間でテーブルについて紅茶をご馳走（ちそう）になった。

クララがティーカップの紅茶をひと口、飲んでから、

「カツ様はいつもああなのですよ。謎めいたことばかり言って、決して正解を口にしようとしないのです。かつてカツ様にチョウシュウやサツマのお侍、トクガワのひとも話をしにきたそうですが、いつもあの調子で振り回されていらっしゃったことでしょうね。とても気の毒です」

と同情したように言うのを聞きながら、りょうはクララが舅（しゅうと）の勝のことをとても好

きなのではないだろうかと思った。

もちろん、男としてではなく、ひととしてなのだろうが。いや、それとも、もしかしてと思いをめぐらしていたりょうはふと、壁にかかる額縁に入れられた西洋画に目を留めた。

緑が濃い森の中の湖なのだろうか。

西洋の女性が衣服を着たまま水面に浮いている絵だ。

りょうは思わず立ち上がって絵のそばにいくと見入ってしまった。不思議な絵だと思った。どう見ても死んで水面に浮いている死体のはずなのに、限りなく美しく見入ってしまう。しかも胸騒ぎがしてくるのだ。

（どうしてなのだろう）

りょうがなおも見入っていると、クララが振り向いて声をかけた。

「ああ、その絵が気に入りましたか。わたしたちはお金がないから本物の絵は買えません。それは模写なのですが、とてもよくできていると思います」

「何という絵なのですか」

りょうはクララに顔を向けて訊いた。いつの間にか息がはずんでいた。

クララはにこりとした。

「絵のタイトルは、オフェリヤ。イギリスのシェイクスピアが書いたお芝居にハムレットというのがあります。王子ハムレットが父の仇を討つ話ですが、王子に父親を殺された恋人のオフェリヤは絶望の果てに入水自殺してしまうのです」

「その話はどこかで聞いたことがあるような気がします」

「それは森鷗外の訳詩集『於母影』を読んだのではありませんか。狂乱状態になったハムレットの恋人オフェリヤがうたう詩を森鷗外が訳していますから」

クララに言われて、りょうはそうかもしれない、と思った。同時になにげなく詩をくちずさんでいた。

いづれを君が恋人と
わきて知るべきすべやある
貝の冠とつく杖と
はける靴とぞしるしなる

かれは死にけり我ひめよ
渠はよみぢへ立ちにけり
かしらの方の苔を見よ
あしの方には石たてり

柩をおほふきぬの色は
高ねの雪と見まがひぬ
涙やどせる花の環は
ぬれたるまゝに葬りぬ

クララが首をかしげた。

「森鷗外の『オフェリヤの歌』ですね」

クララの言葉を聞いて、りょうははっとして口を手でおおった。

「どうしたのです」

心配そうにクララに言われて、りょうは青ざめた顔で答えた。

「思い出しました。わたしは以前、小説家になりたいと思って小説の真似事のようなものを書いたことがあるんです。それは男と女が同棲していて、やがて喧嘩になり、女が入水自殺を図るという、新聞記事、そのままの話でした」

りょうはまだフェリス和英女学校に通っていたころ森鷗外や広津柳浪、村上浪六の小説など幅広く読んだ。

そしてそのころ明治女学校で教鞭をとりつつ、北村透谷らと『文学界』という気鋭の

文芸誌の編集人であった、

——星野天知
の噂を聞いた。天知は後に島崎藤村が小説『春』の中で岡見という青年に託して、

——沈着(おちつき)、任俠(にんきょう)、豪放
と評価した男だ。このころ、三十二歳だった。

（このひとだ——）

りょうの文学熱は燃え上がり、何としてでも天知に会いたいと思った。天知はりょうの才能の行く末を見定めてくれるに違いない。

何の根拠もなくそう思った。

天知の実家は日本橋の砂糖問屋だった。『文学界』の編集室はここにあると聞いて訪ねていった。

りょうが訪れると、色白でととのった顔立ちの天知はすぐに出てきたが、実家で客を迎えるのは遠慮があるのか、

「鎌倉の方で会いましょう」

と言った。

天知は鎌倉に別宅を持っていたのだ。三十過ぎの世慣れた男が、若い娘を別宅に呼び出すのだ、などという勘繰りをりょうはしなかった。

ある秋の日、横浜から東海道線に乗り、大船で乗り換え、鎌倉で降りた。由比ヶ浜から数百メートル奥まったところにある茅葺きの別邸を訪ねた。門をくぐり、格子戸の前に立ったとき、かたわらの棚からぶら下がっていたものにりょうは頭をぶつけた。

なんだろうと思って見ると、大きな糸瓜だった。

(どうしてこんなものをぶら下げているのだろう)

りょうが頰をふくらませると、ちょうど出てきた天知が、何があったのかを察して、

「糸瓜はね、不思議と高慢な人間がわかるみたいで、訪ねてくる奴の鼻っ柱をへしおってくれるんだ」

と言って大笑いした。

りょうは天知の冗談が面白いとは思わなかったが、鎌倉の別邸を訪れたことには満足した。

天知は日頃、東京にいて執筆などの時だけ別邸に来る。日頃は管理人の夫婦だけがいるのだ、という。

奥座敷から廊下まで書棚が続き、膨大な書物がある。天知は、いつでも来て、好きな本を読んでもいい、と言ってくれた。りょうは、興奮が募るのにまかせて、

「ここで小説が書きたいのです。よろしいでしょうか」

と言った。

天知はさすがに驚いたようだったが、いいよ、と笑顔で応じてくれた。この日、りょうは別邸に泊まったが、天知が怪しげな振る舞いをすることはなかった。

ただ深夜遅くまで読書と執筆にふける気配を感じただけだった。

その後、りょうは鎌倉に通って、自分が見聞きした友人のことなどを材料に小説を書き上げた。

野望としては、イエス・キリストの生涯を書きたい、と思って筆をとったが、できあがったのは、男女の恋愛模様の小説だった。

自分でもがっかりしたが、一応、天知に読んでもらった。

「これは情痴小説だね。見るべきところもあるとは思うが、君の年齢で書くのは早すぎる。いまはひたすら読書をしたまえ」

と諭された。

天知にはすべてを見抜かれている。そう思った。

小説家としての才能などない。

すべては幻だ。

若さゆえなのだろうか、ひたすらに自らを虐めた。そして小説を書こうという野心は捨てて、読書にふけるようになった。

小説を書いたことは忘れようと思った。

「でも、この新聞記事にあることは、わたしの小説、そのままなのです」

りょうはため息をついた。

「では、小説のことを知っているのは星野天知という方だけなのですか」

クララに訊かれて、はい、とうなずこうとしたりょうは、何か引っかかるものを感じた。思い出そうと努力すると、やがてひとりの男の顔が浮かんだ。

ああ、あの男がいた。

りょうはクララに顔を向けた。

「島貫さんの家で文学の話をしていた仲間のひとりに、あの小説を見せて感想を訊いたことがあります」

「何というひとですか」

クララはりょうを見つめて訊いた。りょうは思い出して、男の名を口にした。

「佐藤稠松（さとうしげまつ）というひとです。確か東京専門学校を中退して新聞記者となったひとです」

そこまで言ったりょうははっとして、あらためて新聞を開いた。そこには、保科龍の情夫として、

――加藤重松

という名があった。

「どうして、あのひとの名が」

りょうは信じられない思いだった。クララは考えをめぐらしながら、

「そのひとは小説を読んでどんな感想を言ったのですか」

と訊いた。

「酷評でした。何より、『こんな堕落した男女のことを書いてどうするんだ』と言われました。書いたのは、わたしが知っている友人たちの話をふまえての創作でしたが、彼はわたしが実際に体験したことだ、と思ったようです。わたしは彼の思い込みに腹を立てて、それからは二度と口を利きませんでした」

「つまり、それまでは小説を読ませるほど親しかったのに、そのときからつめたくして絶交したのですね」

クララに言われて、りょうはうなずいた。

まさか、そんなことで恨まれたとは思えないが、あの後、島貫の家で見かけたとき、稠松はいつも何か言いたそうに遠くから見ていた。

りょうはクララに訊いた。

「男のひとがそんなことで恨みに思うことがあるのでしょうか」

「わかりません。でも、この世の中にはいろんな男のひとがいます。そんなひとはいな

いだろう、と思い込むのは、危険かもしれませんね」
　りょうは大きく吐息をついた。同時にまたひとつ思い出したことがあった。
「そう言えば佐藤さんは号を持っていました。一度、聞いただけですけど、変わった号だなあと思ったのを覚えています」
「どんな号だったのですか」
　りょうは、迷える羊と書いて、
　──迷羊（めいよう）
　という号だった、と言った。
　クララはにこりと笑った。
「悔しいですが、カツ様の明察かもしれませんね」
「どういうことでしょうか」
「さっきカツ様が言ったことを忘れましたか」
　クララは、
　──羊の皮をかぶった狼
　とつぶやいた。

四

「まず、佐藤稠松というひとを訪ねて、なぜりょうさんのことを話したのか、その真意を聞かなければなりませんね」

　クララは腕を組んで考えながら言った。りょうは首をかしげた。

「会っても本当のことを言ってくれるでしょうか」

「嘘でもいいのです。嘘は真実のほころびです。なぜ嘘をついたかを考えれば、そこから真実にたどりつけると思います」

　クララは微笑んだ。

　りょうはうなずいて、翌日、クララとともに富士見町の島貫兵太夫の家を訪ねた。

　ちょうど昼頃で島貫は家に来ていた若者たちのために、カレーライスを作ろうとしていた。台所から顔をのぞかせた島貫はりょうの顔を見るなり、

「おお、ちょうどいいところに来てくれた。手伝ってくれ」

と言った。島貫家に来ていた若者たちは十数人で、全員分のカレーライスを作るのは大変だった。島貫の妻は外出しているらしく、沖津芙紗子（おきつふさこ）という横浜の女学生が汗みずくになって手伝っていた。

わが国で初めてカレーライスの作り方を紹介した西洋料理書『西洋料理通』（仮名垣魯文）が発刊されたのは明治五年のことである。同書で伝えられたカレーライスの作り方は、

——冷残の小牛の肉或は鳥の冷残肉にても両種の中有合物にてよろし。葱四本刻み、林檎四個皮を剝き去り刻みて、食匙にカリーの粉一杯、シトルトスプウン匙に小麦の粉一杯、水或は第三等の白汁いづれにても其中へ投下、煮る事四時半、其の後に柚子の露を投化て炊きたる米を、皿の四辺にぐるりと円く輪になる様にすべし。

というものだった。明治になって牛肉を使った料理が好まれるようになり、カレーライスもその中のひとつだった。

明治九年、北海道の札幌農学校にアメリカから赴任したクラーク博士は、

——Boys, be ambitious

という言葉も残したが、それにとどまらず、学生たちの寮の食事は洋食として、その中でも一日おきにカレーライス（当時はライスカレーと呼んだ）を学生たちに食べさせたという。

島貫はそんなカレーライスを若者たちに振る舞っていたが、米を炊き、カレーを煮る

だけでも手間がかかり、さらに皿の数も足らなかった。このため四、五人ずつ、三組に分けて食べさせていた。

島貫は自分が飯を炊くから、カレーを作るのと皿洗いを手伝ってくれという。

台所に入ったクララがうなずいて、

「わたしがカレーを作りましょう。沖津さんとりょうさんは皿を洗って」

と素早く決めて、さっそく料理にとりかかった。すると、腹が空いて待ちくたびれたらしいのんびりした顔つきの学生が台所に顔を出して、

「飯はまだですか」

と言った。クララは柳眉を逆立てて、

——Shut up
と声を高くした。学生は台所に立つ外国人の女にいきなり怒鳴られたことにあっけにとられ、腰が抜けたのかよろめいた。

クララは続けて厳しく言った。

「あなたはこの家で御馳走になるのでしょう。それなのに催促するなんてずうずうしすぎます」

そして少し丁寧な口調で、

——Please wash the dishes

と付け加えた。食べたければ皿洗いを手伝えというのだ。

学生は英語がわかるらしくあわてて台所に入ってくるとりょうや芙紗子を手伝い始めた。島貫がにこりとして、

——If any would not work, neither should he eat
とつぶやいた。新約聖書の『テサロニケの信徒への手紙二』にある「働きたくない者は、食べてはならない」という意味の言葉だ。

クララはりょうや芙紗子に向かってにこやかに、

「島貫さんの言う通りですよ」

と笑いながら言った。

やがて、飯が炊きあがり、カレーライスをたらふく食べた学生たちは皿洗いを率先して行った。

島貫は皿洗いを学生たちにまかせてクララとりょうを居間に招き入れて座ると、几帳面に頭を下げた。かたわらに芙紗子も控えた。

「手伝っていただき助かりました。ありがとうございます」

クララはにこりとして、

「学生たちの役に立てることは嬉しいことです。それよりも今日は、星さんが困っておられるので、そのことの相談に来ました」

クララに言われて、島貫はうなずいた。

「あの新聞記事のことですね。星君には迷惑をかけてしまった。申し訳ない」

島貫はりょうに向かって、また頭を下げた。

クララは怜悧な目を島貫に向けた。

「あの記事に書かれているのは本当のことなのですか。井戸に飛び込んだ女性がいるのですか」

「それは――」

困惑した様子で島貫は芙紗子に目を向けた。芙紗子は一瞬、顔を伏せたが、しばらくして顔を上げて、

「井戸に落ちたのは、わたしと同じ横浜の女学校の片倉奈緒様です」

と言った。クララは首をかしげた。

「落ちた？　飛び込んだのではないのですね」

「正しくは落とされたのです。背中を押されて――」

「どうしてそんなことに」

クララがうかがうように芙紗子を見ると、りょうも身を乗り出した。

「わかりません。片倉さんはひとに恨みを買うような方ではありませんから。ですが、片倉さんのお父様はかつて徳川家に仕えていた片倉暁と言われる方でいまは政府に出

仕されています。旧幕臣の方から随分、嫌がらせを受けていたそうです」

「そんなひとたちの中の誰かが片倉さんを突き飛ばして井戸に落としたとあなたは考えているのですか」

クララは眉をひそめた。

「そう思っているわけではありませんが、ほかに理由を思いつかないので」

芙紗子はうなだれた。島貫が空咳をしてから、言葉を添えた。

「片倉さんが井戸に落ちたときは、いつものように学生が集まっていた。そこに誰かが会いにきたと聞いて、片倉さんは出ていった。しばらくして井戸から水音がしたので、あわてて皆で飛んで行って井戸から片倉さんを引き揚げたのです」

りょうが島貫に顔を向けて訊いた。

「ですが、その片倉さんが井戸に落ちた話が、なぜ、わたしに起きたことのように新聞記事になったのでしょうか」

「それは、あの時、佐藤稠松さんがいたからです」

芙紗子がすぐに答えると、りょうは、やはりとつぶやいた。クララが芙紗子に向かって訊いた。

「その佐藤というひとが新聞に片倉さんが井戸に落ちた話をもらしたのですね」

「いいえ、違うと思います」

芙紗子は島貫に助けを求めるように顔を向けた。島貫は当惑したように頭をかきながら、

「そうなんだよ。佐藤君がわざわざ新聞記者に報せたわけじゃない。三日後に新聞記者が訪ねてきて井戸に飛び込んだ女がいたそうだが、と根掘り葉掘り訊き出そうとした。その時、ちょうどやって来た佐藤君が新聞記者の応対を引き受けてくれた。彼も新聞記者の仕事をしているらしいから大丈夫だと思ったんだが、あんな記事になってしまった」

りょうは腹立たしげに、

「どうして佐藤さんは、あんな作り話を新聞記者に話したんでしょうか」

と言った。芙紗子は恐る恐る、

「新聞社には旧幕臣の方が多いと聞いています。片倉さんのことを話したら、片倉さんのお父様への嫌がらせとして面白おかしく書かれそうだと思ったのではないでしょうか」

と話した。たしかにわが国で最初の新聞『中外新聞』を刊行した柳河春三(やながわしゅんさん)や『朝野新聞』(ちょうや)の成島柳北(なるしまりゅうほく)、『郵便報知新聞』の栗本鋤雲(くりもとじょうん)、『東京日日新聞』の福地源一郎(ふくちげんいちろう)などはいずれも旧幕臣だった。

新聞が在野の言論として政府を批判するのは、薩長藩閥政府に対する旧幕臣の怨念が

基になっているところがあった。

「だからといって、関係のないわたしがとばっちりを受けなければならないような理由はありません」

りょうが言うと、島貫は頭を大きく縦に振った。

「まったく、その通りだ。どうだろう、ここに佐藤君を呼んで直に話を聞いてみたら」

クララは身を乗り出した。

「佐藤さんの居場所がわかるのですか」

「この近くのはずですから、時間はかからないでしょう」

島貫はうなずいて、立ち上がると台所で皿洗いをしていた学生に声をかけた。先ほどクララに叱られた学生だった。

島貫から、君は佐藤稠松君の下宿を知っていたね、と訊かれて、学生はおっかなびっくり、知っています、と答えた。

「すまないが、いまから下宿まで行って佐藤君がいたら呼んできてくれないか」

島貫に言われて、学生は戸惑ったように、

「いまからですか」

と言った。しかし、島貫の後ろからクララがにっこり微笑んで見せると、

「行ってきます」

と大きな声で答えて外へ駆け出していった。

学生に連れられて稠松がやってきたのは、三十分ほどしてだった。

居間に入ってきた稠松はりょうをまぶしそうに見たが、すぐに不貞腐れた様子で座った。いきなり問い質そうとするりょうを制して、クララが明治女学校の教師だと名のった後、

「あなたは、なぜ井戸に落ちたのが星りょうさんだと思わせるようなことを新聞記者に言ったのですか」

稠松はちらりとりょうを見てから答えた。

「ひとをかばわなければなりませんでしたから。それで以前、星君が小説に書いていた話を借用したんです。井戸に飛び込んだ女性は仮名にしたのですが、さすがにわたしもあわてていたのでしょう。星君を連想する名前になってしまった。あれは迂闊でした。謝りますが、話そのものは星君が経験したことでしょうから、作者として責任をとるべきではないのかな」

稠松の身勝手な言い分にりょうはかっとなった。

「わたしは井戸に飛び込むなんて書いていません」

「だが、ふしだらな恋愛の末に水死するのではなかったかな。似たようなものでしょう」

平然と稠松は答えた。

——Shut up
鞭打つようなクララの声が響いた。

稠松がぎくりとすると、クララは静かに口を開いた。

「あなたがどのような気持で星さんのことを新聞記者に話したかは知りません。しかしわたしたちは、先ほど片倉さんという女学生は井戸に飛び込んだのではなく、誰かに突き落とされたのだと聞きました。だとしたらこれはひとを殺そうとした犯罪です。あなたは、その犯罪を闇に葬ろうとしたことになるのですよ」

クララに決めつけられて稠松の表情はこわばった。

「あなたたちはここで何が起きたのかを知らないからそんなことが言えるのです」

「何が起きたのですか。話しなさい」

クララは目を鋭くして稠松を見つめた。稠松はごくりとつばを飲み込んでから芙紗子に顔を向けた。

「わたしはあの夜、二階から空を眺めていました。すると、井戸端に片倉さんが立つのが見えたのです。そして片倉さんの背後から近づいて背を押したのは沖津さんでした」

稠松が震える声で言うと、芙紗子は蒼白になり、わっと泣き出した。そして涙ながらに話し始めた。

五

わたしは奈緒様に頼まれて背中を押したのです。

奈緒様は、随分前からわたしに、

——死にたい
とおっしゃっていて、この家に来るたびに井戸をのぞかれて、

「飛び込もうかしら。そうすれば死ねるかもしれないわ。オフェリヤのように」

と言われていたのです。

もちろん、わたしはお止めしていました。そんなことを考えてはいけないと。ですが、何と言ったらいいのでしょう。わたしはそんな話を奈緒様がしてくださることがとても嬉しかったのです。

奈緒様はわたしたちの学校で一番、美しく聡明で、憧れの的でした。学校にいるとき、わたしは授業もそこそこに奈緒様の姿を目で追っていました。奈緒様の立ち居振る舞いやかろやかな笑い声がいつもわたしを惹きつけました。奈緒様が何か声をかけてくださるだけで、わたしは泣きそうになったのです。

それで、わたしは奈緒様から井戸に落ちるように背中を押してと言われたとき、恐ろ

しさだけでなく、嬉しさで心が震えました。こんなわたしが奈緒様の命をにぎるのだ、これ以上の幸せはない、とまで思ったんです。

でも、それだけではありませんでした。

奈緒様が自ら命を絶とうとするのは、誰か男のひとのためだ、と直感でわかりました。わたしは悲しいだけでなく、奈緒様を死なせてしまう男のひとが妬ましく、憎くてなりませんでした。

どんなひとが奈緒様の心を奪ったのだろう。そして奈緒様にどんなつめたい言葉を投げかけたのだろう。

奈緒様が死のうとまで思いつめるほど、心を傾けた男のひとがいたことがわたしはとても口惜しかったのです。奈緒様のことをこんなに思っているわたしがいるのに、その心には目もくれず、男のひとを好きになるなんて、わたしにとっては裏切りに思えました。

だから、わたしは奈緒様から頼まれた通りに背中を押そうと思いました。

ひょっとしたら奈緒様は、わたしが押すことができずに抱きしめて助けるかもしれないと思っているのかもしれない。でも、わたしは力いっぱい押そうと思ったのです。

そのとき、奈緒様は、男のひとを好きになって、わたしを振り向かなかったことを後悔するかもしれない。

いえ、わたしは奈緒様を後悔させたかったのです。奈落の底に落ち込む恐ろしさの中で誰が奈緒様のことを一番、大切に思っているのか、そのことを知って、自分が愚かだったと嘆いて欲しかったのです。

だから、あの夜、わたしはためらわずに押しました。それでも奈緒様が井戸に落ちて水音がしたとき、わたしははっとしました。

夢幻のように思っていたことが現実になると恐ろしさに震えました。すぐに助けを呼んで男のひとたちに奈緒様を引き揚げてもらいました。

奈緒様は水を飲んで気を失っていました。それでも介抱するうちに意識を取り戻したのです。

気がついた奈緒様はわたしを見て、

——芙紗子様
と言ってくださいました。それが嬉しくてわたしは奈緒様を抱きしめて泣きました。奈緒様も涙を流されました。

そのとき、わたしたちはひとつになったのだと思います。

芙紗子が話し終えると、クララはゆっくりと気の乗らない拍手をした。

「よく話してくれました。そのことには感謝します。ですが、わたしはあなたが話したことは純粋でも美しくもないと思います。あなたは感情に溺れているだけで、言っていることは自分がかわいいということだけです」

クララに言われて芙紗子はかたくなな表情になった。

クララはにこりとした。

「納得がいかないでしょうね。ですが、アメリカの学校でも女学生同士が深い感情の結びつきをすることはよくあります。わたしはそれを否定しません。本当に愛し合っているのならそれもまた神に祝福されることだとわたしは思います。ですが、その前に相手ではなく自分を好きなだけのひとがいっぱいいます。あなたが片倉さんを本当に愛していたのなら背中は決して押さなかったでしょう。どれだけ相手から嫌われてでも相手に生きてほしいと思うのが愛情なのではありませんか」

そう告げた後、クララは立ち上がった。

「片倉奈緒さんの家に案内してください。まだ、たしかめねばならないことがありますから」

芙紗子は呆然としていたが、やがて、わかりました、ご案内します、と言って立ち上がった。

クララはりょうをうながして芙紗子とともに島貫の家を出た。

片倉家は、氷川町にほど近い赤坂にあった。

維新の前には旗本屋敷だったのではないかと思える大きな家だった。

芙紗子が訪い(とぶら)を告げると女中が出てきて、洋風の客間へと通された。

間もなく奈緒がやってきた。

大きなリボンを頭につけ、緋色の着物姿だった。

「ようこそ」

奈緒は芙紗子に微笑みかけた。顔色こそやや青いものの、ととのった顔立ちは美しかった。

クララは挨拶して椅子に座ると、

「こちらは明治女学校の学生の星りょうさんです。片倉さんが島貫さんの家の井戸に落ちられたことが、まるで星さんのことであるかのように書き立てられ、彼女の名誉が傷つけられました。ですから、わたしたちはあの夜、何があったのかを知る権利があると思います」

奈緒は芙紗子に目を向けた。

「芙紗子様、どういうことでしょうか」

「申し訳ありません。すべてを話してしまいました」

奈緒はにこりとして芙紗子の頰を平手で叩いた。芙紗子は悲鳴をあげて頽れ(くずお)た。

芙紗子をつめたい目で見下ろした奈緒はクララに顔を向けた。

「わたしの心の秘事をあなたに話す謂れはありません」

りょうが奈緒を睨み据えた。

「わたしはあなたのおかげで名誉を傷つけられました。わたしはあなたがどうしてあなことをしたのか知らないわけにはいきません」

「あなたが新聞に書き立てられたのは、それだけのことをあなたがしていたからでしょう。わたしのせいではないと思います」

クララが、ははっと笑った。

「あなたはそうやって、自分は悪くないとずっと言い続けるつもりですか。わたしの舅はカツ様というひとですが、幕末の動乱の中で幕府を背負って戦いながら、新政府に仕えたことで多くの旧幕臣から憎まれています。でもひとのせいにはしないひとです。すべてを背負って生きています。家庭に妾を同居させていますが、それも彼女たちが暮らしに困窮し、頼ってきたから受け止めたのです。そのために妻にも憎まれ、家庭に安寧はありません。でも、何も言いません。ひとのせいにすることもない」

一瞬、クララは涙ぐんで言葉を飲み込んだが、吐息をついてから話し続けた。

「福沢諭吉という大学者から、なぜ新政府に仕えたのだ、痩せ我慢ができなかったのかと責められましたが、行動するのは自分である、褒めそやすのも罵るのも他人がすることだから、自分には関係ないと言っただけでした。すべてをひとりで受け止めて老い、朽ちようとしています。わたしたち一家もカツ様に救われました。でもいまだに彼はそのことでわたしたちに恩を着せません」

クララに見つめられて、奈緒は顔をそむけたまま口を開いた。

「わたしは将来、小説を書きたいのです。そのために文学者の星野天知先生に指導を仰いでいます。星野先生は殿方としても素晴らしい方でわたしはいつの間にかお慕いするようになっていました。そんな星野先生が執筆をされる家が鎌倉にあるそうです。そこには万巻の書が積まれ、文人が清雅に暮らすお屋敷だということです。わたしはそのお屋敷にあがりたいと何度もお願いしましたが、許してはいただけませんでした。ところが、先日、星野先生が、その屋敷に何日も泊まって小説を書いた若い女性がいたことを話されたのです。その女性が書いた小説は荒削りだが、とても魅力的だったと星野先生は話されたのです」

「あなたはその女性に嫉妬し、失恋したと思い、死にたくなったのですね」

クララはうなずいてから、りょうをちらりと見た。星野天知の鎌倉の家で小説を書いた若い女性とはりょうのことだと気づいたのだ。

クララの言葉を聞いて奈緒は顔を手で覆って泣いた。

りょうは何も言わずに奈緒を見つめている。

六

奈緒はしばらく泣いた後で芙紗子に叩いたことを謝った。クララとりょうはそれ以上の話はせずに片倉家を辞した。

クララは歩きながら、りょうに話しかけた。

「不思議ですね。結局、話はあなた自身に戻りました」

りょうは大きく頭を縦に振った。

「本当です。この世の中で起きていることはみんなどこかでつながっているのかもしれません。ひょっとして星野先生に教えを受けながら、わたしよりもかわいがられている女性がいると知ったら、わたしも同じように嫉妬していたかもしれません」

「そして井戸へ飛び込みますか」

クララは笑いながら言った。

「ええ、そうするかもしれません。ただし、片倉さんと違うのは、そんなとき、わたしはひとの手は借りません。自分ひとりで飛び込みます」

りょうはきっぱりと言った。クララはいたずらっぽく笑って言葉を添えた。

「それでは誰も助けてはくれませんよ」

「わたしはひとに助けてもらって生きたいとは思いません。自分の力で生きたいと思います」

クララは何か感じたように、

「そうですね。だからカツ様は自分が助けたなどとは言わないのかもしれませんね」

とつぶやいた。りょうはクララをうかがい見た。

「先ほど、勝伯爵様のことを話されましたが、本当にあんな風に思っていらっしゃるのですか」

「はい、思っています」

りょうはクララを不思議そうに見つめた。

「わたしはただの狒々爺なのかと思っていました」

「わたしも最初はそう思っていました。ですが、そばで暮らしているとしだいに見えてくるものがあるのです」

「わたしはクララ先生が勝伯爵のことをとても好きなのではないかと思いました」

クララは微笑んだ。

「大好きですよ。ただし、男性としてではなく」

「何としてなのでしょう」

クララは歩きながら、

——cats
とつぶやいた。それがクララの本心なのかどうか、りょうにはよくわからない。ただ、ひとが生きていくうえでは、守っていかねばならないものもあるのだろうな、とりょうは思った。

氷川町の勝邸に着いた。

クララは中庭にりょうを誘った。

やはりいつものように勝は籐椅子で昼寝をしていた。クララは寝ている勝につかつかと近づいた。

勝の耳元に口を近づけて、

「井戸に飛び込んだ娘のところに行ってきました」

と言った。勝は薄眼を開けて、

「おや、そうかい。どうだった」

と言った。あるいはクララが近づくのに気づいていたのかもしれない。

「カツ様が言っていた、その女は本当に助かったのか、というのは大はずれでした。わたしたちはちゃんと会ってきましたから」

クララがからかうように言うと、勝は顔をしかめて見せた。

「おや、そうかい。おいらの明察がはずれるとは大変な世の中になってきたもんだ。油断がならねえな」

「でも、ひょっとすると飛び込んだんじゃなくて投げ込まれたんじゃないかというのは当たっていました。自分じゃ飛び込めなくてひとに背中を押してもらったんです」

慰めるようにクララが言うと、勝はにこりとした。

「やっぱりな。おいらの睨んだところに狂いがあろうはずはないのさ。とはいえ、ひとに押してもらわなきゃ井戸に飛び込む覚悟もできないやつは将来、たいしたものにはならねえな。とても天下の役には立つまいよ」

「飛び込んだのは女性ですから、将来、天下の役に立とうとは思っていないかもしれません。心配しなくてもいいと思います」

勝はクララに皮肉な目を向けた。

「これはクララにしちゃあ、珍しいことを言うな。これからの世の中で女が天下の役に立たなくてどうする。明治女学校なんてのは、これから天下をわが手で動かそうという女武者みたいなのがいっぱいいるって聞いたぜ。さしずめ、そこの女子(おなご)もそうなんだろう」

勝はりょうの名前を忘れているようだが、明治女学校の学生だということはわかっているようだ。

りょうはいきなり勝に言われて驚いたが思わず、

「はい、わたしは女武者になります」

と答えた。勝はうなずいて、

「その意気だ。間違っても男に後れをとっちゃならねえぞ」

と励ました。

クララが笑って、

「そんなことを言ったら、女たちが皆、カツ様を追い抜いて行きますよ。置き去りにされていいんですか」

「いいともさ。おいらはやるだけのことはやった。後は皆で好きにするがいいよ」

勝はゆったりと微笑しながら言った。クララは勝の手を握った。

「そんなことを言うのは早すぎます。まだまだ生きてください。そうでないとわたしは生きている張り合いがありません」

「何を言ってる。クララには子供がいるじゃねえか。それで十分さ、ところでな——」

勝は言葉を切って、あたりを見まわしてから、鋭い目になった。

「おいらが死んだら、クララは梅太郎と離縁して子供たちを連れてアメリカに帰りな。梅太郎にはおいらが引導を渡してやろう」

クララは目を瞠った。

「どうしてですか」

「この国は戦争を始めちまった。一度、ひとの肉を食った虎は猟師に撃ち殺されるまでひとを襲い続けるものさ。もうこの国は戦争をし続けるしかないだろう。アメリカ人のクララがこの国にいれば、きっと辛い思いをする。親は我慢するにしても子供たちまでかわいそうだ。おいらが生きているうちはいいが、死んでしまったら守ってやれねえからな」

明治二十七年夏から翌年にかけて、朝鮮の支配をめぐって日本と清国の間で戦争が行われた。いわゆる、

――日清戦争

である。日本は総兵力二十四万余人を動員、戦費二億余円を使って、これに勝利した。これによって、日本は帝国主義列強の仲間に入る道を固めた。

勝は普段見せない生真面目な表情になって、

「日清戦争はおいらは大反対だったよ。なぜかって兄弟喧嘩だもの、犬も食わないじゃないか。たとえ日本が勝ってもどーなる。おいらは維新前から日清韓合縦（がっしょう）の策を唱えて、朝鮮や清国の海軍は日本で引き受けるつもりだったよ。清国に日本が勝って得をしたのはロシアやイギリスばかりじゃねえか」

と吐き捨てるように言った。クララはじっと勝を見つめて、

「わかりました。カツ様の仰せに従います」

　と声を低めて言った。

「おお、それがいいよ。すまねえな、何の役にも立ってやれなくて」

　クララは勝の首を抱きしめた。

「どうして、そんなにいつもひとの心配ばかりしているんですか。たまには自分のことを考えてください」

「性分ってもんさ。おいらの親父の小吉もそうだった。市井のもめ事の世話ばっかりして一生を終わっちまいやがった。親父みたいにはなるまいと思って生きてきたが、やっぱり親子だ、似てしまったようだ」

　勝は、くくっと笑った。

　クララは勝の首にまわした手をとくと跪いて、

「たとえ、アメリカに帰ってもカツ様の事は忘れません」

「嬉しいこと言ってくれるじゃねえか。この国じゃおいらのことなんかすぐに忘れちまうぜ」

　クララはそっと手をのばして勝の頰に手をかけ、やさしく唇に接吻してから、囁いた。

　――I love you
　そばにいたりょうは、この世で一番美しい言葉を聞いたと思った。

明治三十二年一月十九日、勝海舟は夕方、風呂に入った後、胸が苦しくなって横になり、そのまま息を引き取った。七十五歳。最期の瞬間に微笑んで、

——コレデオシマイ

と言ったと伝えられる。

クララは勝が亡くなった翌年の五月に梅太郎と別れ、六人の子供を連れてアメリカに帰った。クララの末娘ヒルダはこのときのことを自伝に、

——私は、私たちのアメリカ行きが、勝のお祖父(じい)さんによって、許されたものであることを知っています。お祖父さんは、西洋に深い共感をもっているお祖父さん自身がいなくなったら、アメリカ風の考えで育った私たちが、日本での生活について行かれないのではないかと、思っていたからではなかったでしょうか

と書き残している。

アメリカに戻ったクララは勝家からの仕送りを受けつつタイピストの仕事をして家計

を支え、長男のウォルターは工業技師、次女のウィニフレッドは看護婦、ほかの四人の姉妹は美術関係の仕事についた。

クララは立派に子供たちを育てあげたのだ。

第五章　われにたためる翼あり

一

明治二十九年（一八九六）二月五日夜——

明治女学校は炎に包まれた。学校の一部を貸していたパン屋から出火し、たちまちのうちに燃え広がったのだ。

——火事です

舎監の女性の悲鳴のような声でりょうは飛び起きた。

とっさに身支度ができたのは、夜中に何があっても足袋もはかずに飛び出すような不様をしてはならない、と巌本から教えられ、脱いだ着物を枕元に順序を間違えぬようにそろえていたからだ。

りょうが部屋から出ると他の寮生たちも廊下に出てきた。さすがに緊張して顔が蒼白になっているものの、誰も衣服は乱れていない。舎監の女性がしきりに、

「草履(ぞうり)を履いて出なさい、草履を履いて出なさい」

と叫んだ。すでに下駄箱に火がまわっていたのだ。

りょうたちは上草履のまま外へ出た。煙がまわっており、寮舎から出たとたんに炎が熱く顔を照らした。

振り向いてみると、寮の屋根まで炎が走っていた。

パン屋は男の教師たちが住む寄宿舎の一階にあり、火炎に包まれていた。その火は隣接する巌本の家にまで及んでいた。

このころ氷雨が降り出した。

巌本には清子と荘民(まさひと)、民子という幼い子供たちがいたが、三人とも書生や女中に抱えられて外へ出てきた。巌本の妻の賤子は肺を患い病床にあるはずだった。

りょうたちが巌本と妻の賤子を案じていると、焼け落ちようとしている家の中から巌本が賤子をおぶって出てきた。学生たちが、

「校長――」

と叫びながら駆けよると巌本は大きくうなずいて、

「わたしたちは大丈夫だ。皆、怪我はないか」

と言った。りょうたちは、

「怪我はしていません」

と口々に答える。巌本は、頭を大きく縦に振った。

「よし――」

自分に言い聞かせるように大声を出した巌本は賤子を背負ってゆっくりと歩いていった。

賤子は巌本の背で氷雨に濡れながら、ぐったりとしていた。

間もなくほとんどが燃えてしまった。

りょうは呆然として焼け焦げた校舎の前に立ち尽くすしかなかった。

火災後、りょうたちは巌本の妹が嫁している牛込の屋敷に引き取られた。巌本と賤子も一丁西の学習院教授、石川角次郎(いしかわかくじろう)宅へ身を寄せた。

だが、火事の際、氷雨に打たれた賤子の病状は悪化し、巌本が付き切りで看護した。

その間、りょうたちは焼け残った校舎で授業を受けた。

焼け落ちた黒焦げの校舎を目にしながら授業を受けると気持が沈み、ついこの間までの潑剌(はつらつ)とした明治女学校での日々が思い出されてならなかった。

りょうたちが授業を受けている間にも火災の見舞客が次々に訪れた。教師が対応していては授業ができないので、学生が交代で門前に立って見舞いを受けた。

火災から三日後、りょうが立っていると、二十三、四歳と見える女がやってきた。りょうは女の美しさに目を瞠った。

端整な面差しはもちろんだが、大きく黒目がちな涼しい眼は霞(かす)むようで、出会った者を男女を問わず、惹きつけずにはおかないだろう。

女は近づいてくると、礼儀正しく頭を下げ、

「明治女学校の学生さんでしょうか」

と訊いた。りょうが、うわずりながらも、

——はい

と答えると女は微笑んで、

「若松賤子先生のお見舞いにうかがいたいのですがどうしたらよいのでしょうか」

と落ち着いた声で尋ねた。

りょうが、どちらさまでございましょうか、と問い返して、女が答えようとしたとき、

「おや、お嵐様ではありませんか」

という女の声がした。女の後ろから近づいてきたのは、りょうも知っている、

——三宅花圃

だった。花圃の本名は龍子。幕臣田辺太一の娘で坪内逍遥の小説『当世書生気質』に刺激を受けて『藪の鶯』を明治二十一年に発表して人気を博していた。

『藪の鶯』は、西洋かぶれした子爵、篠原の娘で典型的な欧化主義者である浜子と、両親を早く亡くし、貧しい暮らしの中、弟を学校に通わせながら中島歌子の萩の舎に通って歌や書を学んでいる松島秀子を対照的に描いた小説だ。欧化思想を持つ浜子は破滅し、

伝統的な婦徳を守る秀子は幸せをつかむ。

花圃は秀子に自らを仮託したのではないか。

花圃の父は外交官だったが、派手な遊びが好きで家計は常に火の車だった。ロンドンで遊学中に客死した兄の葬儀の費用さえままならないほどだった。

このため花圃は小説を書き始めたのだという。

花圃は東京高等女学校を卒業後、明治女学校で英語を学んだ。兄の田辺次郎一が中村正直の家塾、同人社で巌本善治と共に学んだことから、巌本は花圃を『女学雑誌』の執筆者として迎えていた。

島崎藤村らが始めた『文学界』にも作品を発表するなどしていた女性だった。四年前にジャーナリストで評論家の三宅雪嶺（せつれい）と結婚したが、媒酌人は巌本と賤子である。

女はゆっくりと振り向いて花圃に頭を下げたが、何も言わない。

女が黙っていると、何かしらひややかなものが漂う気がして、りょうはぞくりとした。

花圃は足を踏みしめるようにして近づいて、

「若松先生をお見舞いなさりたいのでしょうが、いまはとてもお悪いので遠慮なさったほうがよろしくてよ」

と突き放すように言った。女はじっと花圃を見据えた。

「あなたはいつもわたしの行く手を遮るのですね」

花圃はきつい目になった。

「何のことでしょう。半井桃水先生との間をわたしが邪魔したと言いたいの。それとも中島歌子先生の萩の舎でお金が無くなるのはあなたが盗ったのではないかと疑われたことかしら。それともわたしを真似て小説を書いてもわたしのようには売れないことへの妬みかしら」

女はかすかに笑みを浮かべ、

「そんなんじゃありません」

とつぶやくように言った。花圃の話を聞いていたりょうは、女が小説を書くらしいと聞いてはっとした。女は近頃、作家として評判が高い、

――樋口一葉

ではないか、と思った。一葉の父は甲斐国出身で御家人の株を買って幕臣となった。維新後は東京府の官吏となったが明治二十二年に亡くなった。このため一葉は貧苦の中で創作を続け、二年前、『文学界』に『大つごもり』を発表、昨年は『にごりえ』、『十三夜』、『たけくらべ』などを文芸誌に掲載して筆名を高くしていた。

小説家としての評価はすでに先輩である花圃を上回っているだろう。だからこそ、花圃の執拗な嫌がらせめいた言葉にも動じないのではないか。

そんな女に苛立ったのか、花圃は青ざめて言葉を継いだ。

「あなたは近頃、本郷真砂町の観相家で相場師の久佐賀義孝という男の妾になったという噂があるけど、本当なの」

あまりに辛辣な言葉にさすがに女は表情を硬くした。

「ひどいことをおっしゃる」

「そうかしら、あなたは貧しさから脱け出るためには何をしてもいいと思っているみたい。あなたの小説を読んでいるとそんな気がするの」

花圃が言うと、女は驚いたように目を見開いた。

「あなたはわたしの小説なんか読まないと思っていました」

「読んでいるわ。いいえ、読まずにはいられないのよ。わたしだけじゃない、これから日本中の女があなたの小説を読まずにはいられないでしょう。だから、わたしはあなたが嫌いなのよ」

花圃は吐き捨てるように言った。

女はしばらく花圃を見つめたが、やがて深々と頭を下げた。そして、りょうにちらりと目を向けて微笑んでから踵を返すと去っていった。

りょうは女を見送った後、花圃に向かって、

「今の方はひょっとして樋口一葉様でしょうか」

と訊いた。花圃は遠ざかる女の背中を見つめながら、

「そうよ、わたしはあのひとと萩の舎で一緒だった。あのひとが小説を書き始めたのは、わたしのように成功してお金が欲しかったからなの」

と答えた。

「さっきお嵐様と呼んでらっしゃいましたが」

「あれは『文学界』の平田禿木さんや馬場孤蝶さんがつけたあだ名なのよ。イギリスのエミリイ・ブロンテという、『嵐が丘』という一作だけを遺して亡くなった女の小説家にちなんでつけたそうよ」

「そうだったんですか」

エミリイ・ブロンテを知らなかったりょうは、去っていった一葉に羨望の念を抱いた。

花圃はりょうを振り向いて言った。

「あのひとに嫌みなことを言ったから、さぞわたしが嫌な女に見えたでしょうね。でも、あなたも小説を書く女ならきっとわかるはずよ。わたしたちは、どんなにあがいてもあのひとの影から逃れられない。あのひとは小説を書く才能において、神の恩寵を受けている。小説を書こうとする女は、皆あのひとに殺されるのよ」

それが、どれほど悔しいことか、あなたにもいつかわかるわ、とつぶやいた花圃は焼け残った校舎に向かって歩いていった。

りょうは門前で立ち尽くしながら、小説を書くために神から与えられた恩寵とはどんなものなのだろう、と思いをめぐらした。

二

翌日——

りょうは巌本から賤子の看護につくように頼まれた。巌本は毎日、賤子に付き添っていたが、明治女学校の新校舎を建設するため後援者をまわらねばならないのだ、という。

承知したりょうが、賤子が臥せっている部屋に入ると、賤子はベッドで横たわっていた。

洋風の窓がかすかに開いて空気が入っている。

（寒いのではないかしら）

りょうが気を遣って窓を閉めようとすると、賤子が目を閉じたまま、

「そのままにしておいて。閉めてしまうと息が詰まりそうなの」

とかすれた声で言った。

りょうはあわてて窓をそのままにすると、ベッドのそばにあった木の椅子に腰かけた。

「お加減はいかがですか」

りょうが訊くと賤子はかすかにうなずいた。

「ありがとう。気分がいいとは言えませんが、これも神の思し召しですから」

さようですか、とつぶやいたりょうは賤子の看病で自分は何ができるのだろうか、と思った。だが、思いつく前に賤子が口を開いた。

「あなたは昨日、樋口一葉さんに会ったそうね」

どうして、賤子が知っているのだろうと思いつつ、りょうは、

「はい、校門でお会いしました。先生のお見舞いにこられたそうですが、遠慮して帰られました」

と答えた。賤子はうっすらと笑みを浮かべた。

「花圃さんが追い返したのでしょう。昨日、見舞いに来た花圃さんが自分でそう言っていました」

そうです、と言うわけにもいかず、りょうが黙っていると賤子は言葉を継いだ。

「樋口さんは以前からわたしに会いたいと思っていらしたそうですよ。そう、戸川残花さんから聞きました」

戸川残花は旧幕臣でプロテスタントの牧師であり、近頃は『文学界』の客員になっていた。

「そうだったのですか」

賤子が一葉のことを知っていたのは意外だった。しかし、考えてみれば、文学作品を

書こうとする女性にとって辛苦を乗り越え、アメリカの女性文学者バーネット夫人の名作『リトル・ロード・フォントルロイ』を『小公子』として言文一致の文体で翻訳した賤子は憧れの存在であって不思議ではない。

「おかしいわね。花圃さんほどの才能があるひとが、一葉さんをあれほど妬むなんて」

「なぜなのでしょうか。花圃様は一葉様が神の恩寵を受けたひとだと言われましたが」

りょうは首をかしげた。

「それは違いますね。神は特定のひとのための恩寵は与えません。一葉さんの小説が読むひとの心に届くのは、神に見放されたと思うほどの辛苦の中にいるからでしょう。芸術とは悲しみや怒りや喜びや嘆きなど、あらゆるひとの心を神に届かせようとする歌声です。悲しみの量が多いほど、歌声は高く澄んでいくのだと思います」

静かに賤子は言った。

花圃の『藪の鶯』は、啓蒙的な作品だが、ひとの心に深く届く一葉の作品には及ばないだろう。賤子は目を開けてりょうを見つめた。

「あなたはわたしがどのように生きてきたか知っていますか」

「巌本校長先生からうかがいました」

りょうは敬意を込めて言った。

賤子は元治元年（一八六四）三月、会津若松（あいづわかまつ）に生まれた。本名は甲子（かし）。父は会津藩士だった。賤子が生まれたとき、父は京都守護職に任じられた藩主松平容保(まつだいらかたもり)とともに京都にいた。

徳川幕府が大政奉還し、元号が明治と改まる半月前の慶応四年（一八六八）八月二十三日の朝、会津若松に官軍が攻め寄せた。

賤子が四歳の時だった。

祖父と父は出陣していて、留守宅を守る祖母と母との三人で戦火におびえねばならなかった。会津藩の主城、鶴ヶ城では懸命の防戦が行われ、この中で後に新島襄(にいじまじょう)の妻になる山本八重(やまもとやえ)も銃をとって奮戦した。

賤子たちは官軍の攻撃が強まる中、ようやく火炎の町を脱出した。このとき、母は身籠っており、戦の衝撃で早産した。せっかく逃げ出したものの母は重い病となり、二年後に亡くなった。

この間、父の行方はわからず、二年間を賤子がどうやって過ごしたのかは誰も知らない。

賤子は六歳の時には横浜で父の知人である商人山城屋和助(やましろやわすけ)の手代、大川甚兵衛の養女になっていた。

横浜で賤子はアメリカ人のメアリー・エディ・キダーという日本初の女性宣教師の学校に入れられた。キダーの学校は、ヘボン式ローマ字で知られる長老派の宣教師、ヘボンの施療院にあった。

　このころの賤子は衣服の着脱や入浴などの生活習慣が身についてはおらず、しつけようとする養母にもなじまなかった。

　何かが気に入らないと頑として口を閉ざして従わず、養母を困らせた。それでも経済的には豊かで、賤子は甘やかされ、贅沢な衣服を着た生徒だった。

　しかし、しばらくして賤子の養家に異変が起きた。

　山城屋が倒産、当主の和助は自害した。このため賤子一家は、横浜を去り東京の下谷(したや)稲荷町(いなりちょう)に移転した。

　明治八年六月、賤子は新しく寄宿舎制度が整ったキダーの学校に再入学することになった。

　このころ、賤子は行方がわからなくなっていた父と再会した。それが機縁となってキダーの学校に再び入ることになったのだ。賤子は十一歳になっていた。

　キダーの学校はその後、フェリス女学校と呼ばれるようになった。

　明治十年、十三歳の賤子は横浜海岸教会で洗礼を受けた。

　賤子はフェリス女学校を卒業した。このとき賤子は第一期の卒業生として英語で演説したが、家族や親戚などだれひとりとして聞きにくる者はなかった。

　卒業後はそのままフェリス女学校の和文教師として採用された。

孤独な十八歳だった。

やがて賤子は『女学雑誌』への投稿を始めた。ペンネームは思い出深い若松の地名と神に仕える身として賤子を合わせてつけた。そして『女学雑誌』の主宰者である巌本善治と知り合ったことが賤子の人生を大きく変えた。

賤子の方から巌本に心を寄せたのだという。

りょうは後に賤子のことを、

——理智と教養のあらはれた際立つた顔、大きく注意深いやさしい眼、神経質ではあつたけれど、自制力もあつて、成人してからの女史は、あれ程外国人の特質をのみ込み同情と同感を充分に持ちながら、やはり日本婦人らしい魂を最も深く強くあらはしてゐたとは、当時の外人教師たちの後に思ひ出として語るところでありました。


と書き残した。りょうにとって、最も尊敬できる女性のひとりだった。りょうが賤子の過去に思いを馳せていると、

「あなたは『花嫁のベール』という詩を知っていますか」

と賤子が訊いた。りょうはうなずいて、

「英語の授業で教わりました」

と答えた。「花嫁のベール」は賤子が明治二十二年に結婚した際、巌本に贈った英詩だった。結婚した時、賤子はすでに結核に冒されていた。だが、巌本はそれを承知で妻に迎えた。

翌年、賤子は長女清子を出産する。結核を患いながらも子を得たことは賤子にとって無上の喜びだった。続いてその翌年には長男荘民を産んだ。この間、賤子は巌本の主宰する『女学雑誌』に次々と作品を発表していった。

病と闘いながら賤子は凄絶な創作活動を続けていった。やがて明治二十七年には次女、民子を出産した。そんな賤子にとって「花嫁のベール」は結婚にあたっての自分の思いを託した詩だった。

りょうは「花嫁のベール」の訳詩を口にした。

一、われら結婚せりとひとは云う　またきみはわれを得たりと思う
然らば　この白きベールをとりて　とくとわれを見給え
見給え　きみを悩ます問題を　またきみを欺かす事柄を
見給え　きみを怪しむ疑い心を　またきみを信ずる信頼を
見給う如く　われはただ　ありふれし土　ありふれし露なるのみ
われを薔薇に　造型せんとて　疲れて悔い給うなよ

ああ　このうすものを　くまなくうちふるいて
われとそいとぐべきや　見給え
わが心をとくと見給え　その輝きの最も悪（あ）しきところを見給え
昨日君が得られしものは　今日はきみのものならず
過去はわれのものならず　われは誇り高くして　借りたる物を身につけず
君は新たに高くなり給いてよ　若（も）しわれ明日きみを愛さんがためには

二、われらは結婚せり　おお　願わくは　われらの愛の冷めぬことを
われにたためる翼あり　ベールの下にかくされて
光の如くさとくして　きみにひろげる力あり
その飛ぶ時は速くして　君は逐（お）い行くことを得ず
またいかに捕えんとしても　しばらんとしても
影の如く　夢の如く　きみの手より抜け出（い）ずる力をわれは持つ

三、いなとよ　われを酷と云い給うな　われを取るを恐れ給うな
生ある限りわれはきみのものなり　きみの思うがままの者とならん
結婚のしるしとして　覆いとして　わが白きベールをまとわん
きみはわが主（あるじ）　愛（いと）しき人なることをあかしせんがため
そは消えさりし平和を覆うもの　また筆舌に表せぬ恵みのしるしなり

（乗杉タツ訳）

男女が結婚するとはどういうことなのか。賤子は巌本に、

——とくとわれを見給え

と呼びかけて因習的な結婚ではない、男女が向かい合っての結婚であろうとしている。しかももし、愛情が冷めたならば、

——われにたためる翼あり

と賤子は告げる。もし、愛情がなくなれば、わたしは翼を広げてあなたのもとから飛び立つだろう。たとえ、捕えて縛りつけようとしてもそれはできない。

——その飛ぶ時は速くして　君は逐い行くことを得ず
またいかに捕えんとしても　しばらんとしても
影の如く　夢の如く　きみの手より抜け出ずる力をわれは持つ

あなたのもとから脱け出す力をわたしは持っているのだと、高らかに言うのだ。詩を口遊んだりょうは、

「わたしは、われにたためる翼あり、という言葉が好きです」

と言った。

賤子は微笑んだ。

「わたしは樋口一葉さんに会ってみたかった。でもそれはかなわないという気がします。だとしたら、せめてこの詩をいつか樋口さんに届けてください。わたしの心をきっとわかってもらえると思います」

賤子に言われてりょうは懸命にうなずいた。

――十日午後一時半
容態が急変した賤子は息を引き取った。享年三十一。

結婚して七年足らずだった。

巌本は前日から賤子の枕もとを離れなかった。賤子が逝くと、巌本はあたりをはばからずに号泣した。

賤子は亡くなる前に、

「墓には、賤子とだけ記して欲しい」
と望んだという。

三

——六月十九日

明治女学校を再建するためのバザーが行われた。

巌本は『女学雑誌』に校舎の新築費募集の広告を掲載していた。

バザーの発起人には津田梅子（つだうめこ）、賛成人に大山巌（おおやまいわお）侯爵夫人、川上操六（かわかみそうろく）子爵夫人などが名を連ねていた。

りょうは会場の世話で駆け回っていたが、ふと、花圃が来ているのに気づいた。花圃はバザーに出品されている短冊に見入っていた。

誰の短冊を見ているのだろうと思って気になったりょうが近づくと、花圃はすぐに気づいて振り向いた。

そして展示されている短冊を指差した。

「ごらんなさい」

花圃に言われて、りょうが覗き込んだ短冊には流麗な女文字で、

訪(と)はばやとおもひしことは空(むな)しくて　けふのなげきにあはんとやみし

と短歌が書かれている。訪ねなければと思っていたのに、今日という虚しい日を迎えてしまったという嘆きの歌だ。

誰のものなのだろう、と思って見ると、

――一葉

と記されている。りょうはあっと思った。

樋口一葉がバザーのために短冊を出品してくれているのだ。

この年、四月に『文芸倶楽部』に『たけくらべ』が一括掲載されると、森鷗外と幸田露伴、斎藤緑雨(さいとうりょくう)が『めさまし草』の『三人冗語』で一葉の才能を絶賛していた。鷗外は、

――此人(このひと)にまことの詩人といふ称をおくることを惜まざるなり

と評し、露伴もまた、

――多くの批評家多くの小説家に、此あたりの文字五六字づつ技倆上達の霊符として呑ませたきものなり

とまで言った。緑雨がすでに一葉のもとに足繁く通う文持者であることは文壇周知のことだけに、一葉はうるさ方、三人からお墨付きをもらい、作家としての地位を固めたと言ってもよかった。

りょうが呆然としていると、花圃が後悔したように言った。

「若松先生も樋口さんに会いたがっていた。あの日、会わせてさしあげればよかった」

りょうは恐る恐る、

「わたしは若松先生から、『花嫁のベール』の詩を樋口様に届けるよう言いつかりました」

と言った。花圃はりょうに顔を向けて、寂しげに、

「そうだったの。若松先生はやはり樋口さんを大切に思っていらしたのね。あのひとはいつもそうだ。わたしのまわりのひとの心を奪ってしまう」

と言った。

りょうは何も答えられない。
花圃は独り言つように語り始めた。

◇

樋口さんが萩の舎に来たころのことは今でもはっきり覚えている。
九年前の二月二十一日、萩の舎の発会記念に九段坂下の鈴木写真館で写真撮影をした。
あのとき、樋口さんは十四歳ではなかったかしら。集まった二十数人は華族の令嬢や
令夫人ぞろいで新調した晴れ着を着ていた。
その中で樋口さんは、他人から調達した、

――どん子の帯一筋、八丈のなへばみたる衣一重

で出てこなければならなかったから、さぞたまらなかったでしょうね。だけど、いざ
写真を撮る段になると、樋口さんは三列目のほぼ真ん中に立った。全体のほぼ中央でし
かも一番、高い場所だった。
わたしは二列目の真ん中で隣が中島先生だった。写真の真ん中はわたしと中島先生の

はずだった。

ところが樋口さんの美貌は見る者の目をすぐに惹きつけた。まるで群鳥の中の、

――白孔雀(しろくじゃく)のようだった。写真を見るとわたしたちの頂に樋口さんが君臨しているかのように見えた。

でも、このことに気づいたのは写真ができあがってから。その日は、ただ樋口さんのみすぼらしい着物を気の毒に思っただけ。ところが撮影の後の歌会では樋口さんの歌が最高点になった。

このとき、皆は初めて樋口さんの美しさに気づいたのだと思う。それまでは貧しいというだけで相手にもしていなかったから、樋口さんの顔なんて見ていなかった。だけど、歌会で目立ったひとは見ずにはいられない。そして見てしまえば着物のみすぼらしさなど忘れられてしまう。

女は悲しい。

たとえ、どんなに相手が貧しく若くても、美しさに目がいけば、自分の容貌に引き比べてしまう。どれほど自信ありげに振る舞っていても、女は相手の美しさを公平に見抜いてしまう。

樋口さんは大変だったと思う。自分より下だと思っていた女が自分より美しいかもし

れないと気づいたとき、女は相手を憎まずにはいられない。

だけど、わたしはほかのひとたちとは少し違っていた。

このころ、すでに『藪の鶯』を本にして評判を得ていたから。樋口さんが歌会で点が高くても、わたしは世の中で認められているのだ、という自負が大きかった。

樋口さんがわたしを見つめる目にも羨望の色が浮かんでいた。

わたしは樋口さんに向かって微笑んでいさえすればいいと思った。それに、このころから樋口さんの不幸は始まっていた。

この年の暮に長兄の泉太郎（せんたろう）さんが病で亡くなった。そして二年後には父親も病没した。樋口さんは妹と母親だけの家を戸主として支えなければならなくなった。

そのころ、萩の舎では樋口さんの苦境を、

――お気の毒に
と皆で言い合った。口では同情しながらお腹の中では満足していた。美しい女がその美貌で救われることもなく貧苦にあえいでいるのを見るのは、恵まれた暮らしをしている女たちにとって満足なことだった。

わたしも萩の舎で、樋口さんのために何かできないかしら、と言いながら援助の手を差し伸べる気などなかった。もっとも、たとえそんなことをしても誇り高い樋口さんは決して受け付けなかっただろうけど。

ところが、そんな樋口さんが小説を書こうとしている、という噂がわたしの耳に入ってきた。しかも『朝日新聞』の専属作家の半井桃水に弟子入りしたと伝わってきた。

それを聞いて、わたしはとても嫌な気持になった。

樋口さんがあの顔で媚びて師事すれば、男の作家はどんな無理でも聞いてやるに違いないと思った。

それに、樋口さんに才能があることは、わたしには何となくわかっていた。その才能が半井桃水によって花開くかもしれない、と思っただけで、体が震えるような妬ましさを感じた。

だから、樋口さんに会ったときにそれとなく、桃水は女癖が悪いらしいとほのめかした。樋口さんは初め、信じない顔をしていた。

しかし、わたしだけでなく萩の舎に通う女たちが入れ替わり、立ち替わり、同じ話をすると樋口さんの顔にしだいに翳りが浮かんできた。

極めつきは、わたしが焚きつけたおかげで、中島先生が樋口さんに、

「あのようなふしだらな男との交際は許しません」

と言い渡したことだった。

中島先生がそう言ったとき、わたしはそばにいた。

樋口さんが雷に打たれたように蒼白になるのを見た。

わたしは中島先生の言葉に続いて、もし、桃水と会うのをやめてくれるなら、文芸誌の『都の花』に寄稿できるよう紹介してもいい、とほのめかした。『都の花』は一流文芸誌で、文筆に携わる者なら誰もが書きたいと思う。『都の花』のことを持ち出すと、樋口さんが動揺したのが、はっきりとわかった。

（この女はいま、恋と出世を天秤にかけている）

わたしは胸の内で冷笑した。

そして、間もなく樋口さんは桃水と会うのをやめた。わたしは企みがうまくいってよかった、と思ったが、なぜ、まわりが反対しても桃水のもとへ走らないのだろう、と樋口さんに物足りないものを感じた。このころの樋口さんは、

――婦徳

ということに縛られていたのだ、と思う。わたしの小説も婦徳を明らかにしようとするものだった。

正しくあること、それを樋口さんは望んでいた。わたしも中島先生もそう思っていた。しかし、あのとき、樋口さんに感じた物足りなさはなんだったのか。

桃水と会わなくなった樋口さんは、やがて『闇桜』という作品を書いた。二十二歳の園田良之助と十六歳の中村千代という幼馴染、兄妹のようなふたりの恋の物語だった。千代は良之助へ恋慕の情を抱いているが、良之助は気づかない。やがて千代は病に臥

せ、日に日に衰弱してゆく。良之助が千代の深い思いを知るのは、千代が息を引き取るその日のことだった。

——風もなき軒端の桜ほろ〳〵とこぼれて夕やみの空鐘の音かなし

と物語は終わる。樋口さんはさらに『たま襷』、『別れ霜』と続けて発表したが、あまり評判にはならなかった。

それでもわたしはひたひたと追ってくる樋口さんの足音を聞く気がした。

樋口さんはそれまでいた菊坂町を離れて下谷龍泉寺町の人力車夫の合宿所ととなり合わせる長屋に雑貨屋の店を開いた。

おわかりでしょう、この龍泉寺町のころに樋口さんは下町の世界にふれて、その後、小説に書いていくひとびとに出会った。

どんなに押し留めようとしても地下からあふれてくる才能という噴流は止めることができなかった。

そして樋口さんを気にしている間に、わたしは自分を見失っていた。

◇

花圃が話を終えて物思いにふけると、りょうはそっとそばを離れた。

りょうが一葉を訪ねたのは六月末のことだった。りょうが長屋にたどりついて訪いを告げると、声がして戸が開いた。

「どなたでしょうか」

戸口に出てきた一葉はやつれていた。

四

一葉は深い色の目でりょうを見つめた。りょうは声を詰まらせながら、

「わたしは星りょうと申します。明治女学校の学生です。本日は、バザーへのご協力のお礼と若松先生から言付かったものをお届けに参りました」

と言った。一葉は少し考えてから、

「さようですか。お構いもできませんが、おあがりください」

とりょうを招じ入れた。

色ガラスをはめこんだ玄関の戸を開けると、方三尺の沓ぬぎの土間があった。さらに幅三尺の板の間があり、その右側に六畳が二間、左側に四畳半が一間ある。入り口に近い六畳間には机が置かれており、ここが一葉の書斎らしかった。

質素な調度ではあるものの、女所帯らしく、清潔に整えられた六畳間に入ったりょうは一葉と向かい合って、あらためて美しさに息を呑む思いだった。

顔色はすぐれず、痩せているものの、それが却って翳りを与え、この世のひとではないような儚さとなって、あたかもすぐに消え果てる名残り雪であるかのようだった。

一葉が時をおかずにさりげなく茶を出すと、りょうは懐から、「花嫁のベール」を書き写した紙を取り出して、一葉の膝前に置いた。

「これは、何でございましょうか」

一葉の声はややかすれているものの、心の強さと素養の深さを感じさせる奥深いものだった。

「若松先生は結婚するにあたって、夫となる巌本善治校長にこの詩をお示しになったそうでございます」

りょうが説明すると、一葉は黙ってうなずき、紙を手にした。近視なのか、顔に近づけて読む一葉はやがて微笑を浮かべた。

「若松先生はお見事な方でございましたね」

懐かしむように一葉は言った。そのまま、紙を押し頂く動作をして折り畳むと、懐に入れた。

一葉が詩についてひと言しか口にしなかったことが、りょうには物足りなく思えた。りょう自身、「花嫁のベール」を読んだとき、体の奥から震えがくるような感動を味わった。

一葉にも同じようなことを言って欲しいと思った。なぜ、一葉はそんなことを言わないのだろうか、と考えたとき、ふと、

（一葉様はわたしと同じようには感じなかったのかもしれない）

と不安が胸にわいた。

そういえば、一葉の小説、『大つごもり』のお峯（みね）は、貧しい伯父一家を救うために主家の金を盗む。『たけくらべ』の美登利（みどり）はいまを盛りの遊女を姉に持ち、自らも遊女になる以外にどのような道も選べない少女である。『にごりえ』の酌婦、お力（りき）は落ちぶれた愛人に無理心中を強いられる運命から逃れることができない。

いずれも、自らの境遇から自由になることはできない女たちであり、その哀切が読者の胸を打つのだ。言うならば、「花嫁のベール」のように、

――とくとわれを見給え

とは言えない女たちだ。

りょうはあらためて一葉の顔を見つめた。美しい、ととのった一葉の顔には何の表情も浮かんでいない。

ややや、疲れた様子の一葉は、

「星さん、あなたは女でいたくないと思ったことはありませんか」

と言った。

りょうは戸惑いながらも、

「女でいたくないと思ったことはありませんが、男だったらと思ったことはあります」

ああ、そこが違うんですね、と一葉はつぶやいた。

「樋口様は、女でいたくないと思ったことがあるのですか」

思い切って、りょうが訊くと、一葉は笑みを浮かべた。

「何度でも」

「何度も――」

りょうは驚いた。

「わたしは士族の娘です。もともと富裕ではありませんでしたが、父が存命していたころは、さほど貧であったとは思いませんでした。ただ、七年前の夏、父を亡くしてからはしだいに不如意になって追い詰められていきました。まるで、とんとんと階段を降りるようでした。わたしはそれがどうしても納得できなかった。まして女だから、そうなるのだと思うことは――」

一葉の父は晩年、金融業を営んでいた。そのことを口にはしなかったものの、ひそかに日記に、

――只利欲にはしれる浮よの人あさましく厭はしく（中略）金銀はほとんど塵芥の様にぞ覚えし

と書いた。だが、誇り高き少女は父の死とともに、それまでの上野西黒門町の家から、本郷菊坂町の借家に移り、母と妹の針仕事の内職で生計をたてた。

近視で針仕事が苦手な一葉は萩の舎の先輩、田辺花圃が小説で三十三円余の稿料を得たことに刺激され、小説家を目指す。

もともと一葉には、たおやかな美貌の外見とは異なり、

――かくて九つ計の時よりは我身の一生の世の常にて終らむことなけかはしくあはれ

くれ竹の一ふしぬけ出てしがなとぞあけくれに願ひける

と幼いころから、ひとと同じでは嫌だ、ひとより、一歩、抜け出たいと常に思い暮らす、勝気な少女だったのだ。

それだけに、小説を書いて、称賛は得ても富裕に手が届かないことには、苦い挫折感があったのだろう。

一葉はつぶやくように言った。

「女は貧ではまともに生きられない。わたしはそう思うようになりました」

一葉の言葉に衝撃を受けたりょうは、思わず、

「そんなことはないと思います。清貧にしても自らを持して生きているキリスト者の女性は何人もいらっしゃいます。その方々の生き方は美しいと思います」

と声を高くした。

一葉は微笑する。

「そうですね、清貧は美しい。ですが、美を極め、贅を尽くし、快楽(けらく)の淵に身を沈めるのは女子には許されないのですか。殿方はこの世のすべてを味わおうとする。それなのに、女は我慢しなければならないのですか」

「ですが、それが婦徳というものではないでしょうか」

「何のための徳なのです」

鋭く一葉は言った。

「何のため――」

りょうは言葉に詰まった。

「婦徳とは、『周礼』にある、女性が大事にすべき四つの心がけである婦言と婦徳、婦功、婦容のひとつだそうです。女が守るべき徳義は、才能を表立って見せることはせず、立ち居振る舞いを美しく、さらに身の回りをきれいに保つことだと言います」

「そうなのですか」

眉をひそめてりょうは、一葉をうかがい見た。

「しかし、わたしは才能を隠しだてしようとは思いません。さらに自らの生き方をきれいにしたいとは思いますが、女としての容貌で世間に認められようとは思わないのです」

毅然として一葉は言葉を発した。

りょうが息を呑み、黙っていると、一葉は口を開いた。

「わたしは二年前、お金に困って本郷真砂町の観相家で相場師の、久佐賀義孝というひとを訪ねました。そのころ、わたしは歌塾を開くことを考えていて、そのためのお金を出してもらえないかと思ったのです」

一葉はぽつりと言った。りょうは久佐賀義孝という名を聞いてはっとした。

花圃が明治女学校を訪ねてきた一葉に、

「あなたは久佐賀義孝という男の妾になったという噂があるけど、本当なの」

と訊いたことを思い出したのだ。

久佐賀は、元治元年熊本城下に生まれ、三十歳だった。

禅と易学を修めた後、朝鮮に渡り、さらに中国からインド、アメリカを研修旅行して明治十九年に帰国し、天啓顕真術会という占いの団体を創立していた。このころ、

——予言に妙なり人身の吉凶諸相場の高低一として適中せざるはなし世人以て神となす

という評判を得ていた。一葉は久佐賀が山師であることは見てとっていた。それでも、久佐賀を訪ね、

「相場を教えて欲しい」

と頼んだのは、金を引き出したい魂胆があったからだ。一葉は千円という大金を望んだ。さすがに久佐賀は応じなかったが、一葉に好色心を抱いたらしく、その後、何度も料亭に誘うなどした。そのあげく、

「金は出すが、そのかわりわたしの妾になれ」

と求めた。一葉は巧みに久佐賀から身をかわし、金を引き出そうとしていたが、このとき、不意に何もかもが嫌になった。このころの一葉の心境は言うならば、自暴自棄になっており、

——虚無のうきよに好死処あれば事たれり

よき死にどころを求める思いで久佐賀を訪ねたのだ。しかし、久佐賀は俗物で一葉の虚無を受け止める男ではなかった。

ため息をついて一葉は話を続けた。

「久佐賀はわたしに妾になれと言いました。わたしはつまるところ、それが許せなかった。生きるためにひとの持ち物になるのなら生きぬ方がよいのです」

「それでどうされたのですか」

りょうは恐る恐る訊いた。

一葉は久佐賀から離れて明治二十八年七月から『にごりえ』を書き始めた。

——お力と呼ばれたるは中肉の背恰好(せいかっこう)すらりつとして洗ひ髪の大嶋田(おおしまだ)に新わらのさわ

やかさ、頸もと計の白粉も栄えなく見ゆる天然の色白をこれみよがしに乳のあたりまで胸くつろげて、烟草すぱ〳〵長烟管に立膝の無沙法さも咎める人のなきこそよけれ

という銘酒屋酌婦お力の物語だ。ある夜、お力は店を飛び出して街を徘徊する。

――お力は一散に家を出て、行かれる物なら此まゝに唐天竺の果までも行つて仕舞たい、あゝ嫌だ嫌だ嫌だ、何うしたなら人の声も聞えない物の音もしない、静かな、静かな、自分の心も何もぼうつとして物思ひのない処へ行かれるであらう、つまらぬ、くだらぬ、面白くない、情ない悲しい心細い中に、何時まで私は止められて居るのかしら、これが一生か、一生がこれか

胸中で叫ぶのだ。

これは一葉の心の声かもしれない。

お力から見れば、明治女学校の女たちは、英語を学び、恋愛を語り、地上の喜びをすべて味わっているかのように見えるかもしれない。

一葉はともかく、お力ならば、

「とくとわれを見給え、なんて言ったたって、こっちは闇の中を這いずり回っているんだ。

見てもらえるようなわたしなんて、ありゃしないよ」

と毒づくだろう。

頭を下げ、打ちのめされた思いでりょうは一葉の家を辞去した。

五

りょうが去った後、一葉の家を綿銘仙（めんめいせん）の縞（しま）がら細かき袷（あわせ）に、木綿がすりの羽織を着た男が訪れた。

一葉より、四、五歳年上か。痩せぎすで頬がこけ、あごがとがり、目ばかりがぎょろぎょろとしている。

男は入り口の戸を開けるなり、

「もし、一葉様はおられるか」

とどことなく飄々（ひょうひょう）とした言い方をした。一葉は六畳間から顔をのぞかせて、立ち上がりもせず、

「緑雨さん、おあがりなさい」

と答えた。男は、作家で警句、評論をよくする、

――斎藤緑雨

だった。このころの作家たちは小説ではなかなか食えない、

――按ずるに筆は一本也、箸は二本也。衆寡敵せずと知るべし。

と軽妙洒脱、かつ辛辣に表現する才にあふれていた。正直正太夫の名で毒舌の文章を書き、このころの文壇では、

――世に怖き者無名の菌と正直正太夫なり

などと言われていた。一葉のもとには、

大橋乙羽
川上眉山
幸田露伴
横山源之助

などの文壇人が足しげく訪れるが、中でも、緑雨が一葉に恋心を抱いていることは周囲の誰もが気づき、おかしがっていた。一葉は初対面の緑雨の風貌を、

　――正太夫とし は二十九　痩せ姿の面やうすご味を帯びて唯口もとにいひ難き愛敬あり

と書き残した。さらに、人物像を、

　――この男かたきに取てもいとおもしろし　みかたにつきなは猶さらにをかしかるへく

としている。したたかで一筋縄でいかない男だとは思うが、一葉は女の直感で緑雨の中に、あることを感じ取っていた。

へえへえ、ありがとう存じます、緑雨は落語家のように腰をかがめ、わざとのように、ひょこひょことした足取りで座敷に入ってきた。座るなり、

「どうしました。いま、女学生が真っ青な顔をしてこの家から出ていきましたよ。また、いじめなすったか」

　とにやにや笑いながら言った。

「いじめたりなどしやしません」

　一葉は緑雨から視線をそらして答える。

「さて、そうはおっしゃるが、あなたはいまや天下の作家、樋口一葉だ。ちょいと文学をかじったぐらいの女学生があなたの本音とぶつかりゃ血の気を失います。今日は、本気になられましたか」

「わたしはいつだって本音ですよ」

「そうでもありますまい。言いたくないことは梃子でも言わず、天岩戸に隠れるように黙ってしまわれる。あの女学生に吐いた、言の葉をちとわたしにも聞かせてくれませんか」

緑雨が立て板に水のなめらかさで話すと、一葉は笑った。

「なんで、そんなことを気になさる」

「一葉様が本音を吐いた女学生はどんな女子かと思いましてね。あなたを本気にさせるなんざ、わたしでも訪ねてきて、十回に一度がやっとでしょう。いや、いままで一度も本気にさせたことはないかもしれない」

緑雨はうかがうように一葉を見つめた。

その目には言葉とは裏腹に、意外なほど真剣な情がこもっていた。一葉が感じ取っているのは、緑雨の一葉への想いである。

それは、真摯で純真なものに一葉には思えた。しかし、なびこうとは露ほども思わない。緑雨に視線を戻さないまま、懐からりょうが持ってきた紙片を取り出した。つい、と紙片を緑雨のもとに押しやった。

「これは――」

緑雨は首をかしげた。

「亡くなられた若松賤子先生が大切にされていた詩だそうです。あの女学生がわたしのもとに届けてくれました」

緑雨は素早く詩に目を通した。

「それで、この詩について、何と言いなすった」

「なんとも、ただ若松先生は見事な方だと思うとだけ」

ああ、なるほど、と緑雨はひとりごちた。

「何かおわかりになりまして」

一葉は皮肉な目を向けた。緑雨は詩を見ながら言った。

「あの女学生はこの詩にさぞや、感動したのでしょう。だから一葉様にもそう言ってもらいたかった。ところが、あなたは素っ気ない。女学生が泣いても不思議じゃありません」

「あのひとは泣きはしませんでした」

「意地の強い女学生だ。そんなところはあなたに似ている。だから、意地悪をしたくなったのでしょう」

「これ、何度言ったら、わかるのです。わたしは意地悪などしておりませんよ」

一葉が訂正するように言ったが、緑雨は聞く耳を持たぬ風で、

「いまや天下の樋口一葉は文学好きの女学生の憧れのまとだ。それなのに、なぜ、夢を見させておやりにならぬ」

と咎めるように言った。しかたなく一葉は答える。

「この世に夢なんかないからですよ。特に貧と縁が切れない女にはね」

緑雨はくすりと笑った。

「その話をされたんでしょう。貧が辛いと」

「しましたとも、まことのことですから」

「さて、どうでしょうか。貧を誇るは、富を誇るよりもさらに卑し、などというじゃありませんか。おっと、これはわたしの言葉だったか」

「また耳の痛いことをおっしゃる」

一葉はようやく緑雨を見つめた。

近視の一葉の目は潤んで、見つめられた男を戸惑わせる。緑雨はやっと踏みとどまった風情で、

「この詩はわたしが預かりましょう。いつか、あの女学生に戻して差し上げよう。その時に、女学生に言ってやりますよ。樋口一葉はこの詩を読んで泣いて、少しだけ冷たく

笑ったとね」

「わたしは冷たく笑いなどしていませんよ」

と告げた。

一葉はゆっくり頭を横に振った。

「だけど、笑わずにはいられなかった。あまりの悲しさゆえに。これほどの清々しい思いを抱こうが、女はどこかで心の血を流す。恵まれた女学生には、そのことがどうしてもわかるまい。だから、あなたは女学生の思いに意地悪をしたんですよ」

緑雨は一葉を見すえた。

「また、正直正太夫さんがわかったようなことを」

一葉は落ち着いて応じる。

「おや、これはしくじりましたか。樋口一葉様にはもっと違う思いがおありだったのかな」

一葉はふふ、と笑った。

「いいえ、違いはしません。ただ、あの詩を笑ったんじゃない。あの詩に素直な言葉が出てこない自分を笑いましたのさ」

「あなたに限って言葉が出ぬなどということはありますまい。よほど、体がお悪いか」

案じるように緑雨は一葉の様子をうかがった。

「のどが嗄れて、熱が出るので、山竜堂病院の樫村清徳院長に診てもらいました。結核でもはや手遅れだそうです」

「そんな馬鹿な――」

蒼白になって緑雨は叫んだ。一葉はうなずいた。

「どうやら、このあたりが好死処です。悲しまないでくださいまし」

一葉は透明な笑みを湛えている。そして言葉を添えた。

「その詩をあの女学生に返すなら、そのときに言ってあげてください。わたしが詩について何も言わなかったのは、わたしには、たためる翼がなかったからだと」

緑雨は目を閉じ、食いしばった歯の間から、

――刀を鳥に加へて鳥の血に悲めども、魚に加へて魚の血に悲まず。声ある者は幸福也

とうめくようにつぶやいた。

かつて緑雨が書いた警句だった。

六

秋になって一葉は寝ついた。

三十九度を超す高熱が出て意識もおぼろになっていった。そんなおり、一葉は乾いた唇を舌で湿しながら、

「あなた、許してくださいませ」

としきりに言った。看病していた妹の邦子(くにこ)、母親のたきが、見舞いに来た緑雨に、一葉はいったい誰に謝っているのだろう、と問うと、緑雨はしばらく考えてから悲しげに、

「半井桃水でしょう」

と言った。

邦子とたきは目を見合わせた。

一葉が小説の師と仰いだ桃水にほのかな恋情を抱いていたことは知っているが、萩の舎の中島歌子らの説得によって、自ら絶縁したのではなかったか。

「だからこそ、樋口さんは桃水に申し訳なく思っていたのでしょう。樋口さんは打算が嫌いでした。しかし、あのときは、中島歌子さんや田辺花圃さんらの援助が欲しくて、自分の気持を切り捨てたのです。そのことが樋口さんは自分自身に対して許せなかった

のでしょう」

緑雨は絵解きをするかのように言ってのけた。そのとき、病臥(びょうが)している一葉がわずかに微笑んだことに誰も気づかなかった。

◇

正直正太夫さんは、馬鹿なひとですね。

女の心がわかるようなふりをして、まったくおわかりではない。

半井先生はたしかにお美しくて、わたしも最初にお会いしたときに、ぼうっとなりました。先生の容貌をわたしは、日記にこう書きました。

――色いと良く面ておたやかに少し笑み給へるさま誠に三才の童子もなつくべくこそ覚ゆれ　丈けは世の人にすくれて高く肉豊かにこえ給へはまことに見上る様になん

そして先生の声は肌触りのいい絹のようで心地よく、いつまでも聞いていたいと思ったものです。先生も初対面のわたしのことを、

——三指で畏ってろく〳〵顔も上ず（中略）昔の御殿女中がお使者に来たやうな有様で、万に一つも生意気と思はれますまいか、何うしたら女らしく見るかと、夫のみ心を砕かれるやうでありました

と書いておられます。つまるところ、わたしも先生も余所行きの顔でお会いしていたのです。すべてが真ではなかった。

それでも、わたしはある雪の日に先生を平河町のお宅にお訪ねしたことがあった。そのとき、先生は新しい同人雑誌を立ち上げようと考えている、とお話しになった。部屋の中で先生の息遣いや肌のぬくもりをどこかで感じながらお話ししていると、まるで酩酊しているような気分になった。

思えば、あのとき、わたしは恋をしていたのかもしれない。しかし、中島歌子先生から、半井先生と縁を切るよう迫られたとき、わたしはさほど躊躇しなかった。

中島先生に気に入られ、やがては看板を頂いて歌塾を開くことを考えていたから。こう言ってしまえば、興ざめでしょうか。

だけど、それが真実。わたしは、それ以上のことは考えなかった。

緑雨さんは、そんなわたしがいまも半井先生のことを慕っているみたいだけれど、大違い。

女は一度見放した男のことは振り返らないのです。一度、捨てることができたなら、たとえ再会したとしても、もう一度、捨てることができる。

同じことを繰り返してもしかたがないから、一度見放せば、二度とは会わない。半井先生とは、そんな仲でした。

わたしが忘れられなかったのは、あなたですよ、緑雨さん。繊細で鋭くて、ひとの欠点に敏感で、ということは自分の悪いところも熟知しているあなたです。

あなたは、わたしを好いてくれているようですね。

でも、わたしはあなたになびかない。

もし、近寄ってしまったら、膠でくっつけたように離れられなくなってしまう。わたしにはそのことがよくわかっていました。

だから、近づかない。

あなたの毒舌を聞いて笑っているのが、わたしは好きでした。なぜだか、わかりますか、緑雨さん。

わたしとあなたは似ているから。

誇りが高く、間違ったことが許せない。だから、いつでも腹を立てていて、許せぬ何かを見れば、口走ってしまう。

わたしの小説も同じです。

ことさらに言葉を荒らげはしないけれど、憤怒の情はあふれ出る。

緑雨さん、あなたはわたしの『にごりえ』について、こうおっしゃった。

――君か作中には此冷笑の心みち〳〵たりとおもふはいかに、されと世人のいふか如き涙もいかてなからさらん、そは泣きての後の冷笑なれは正しく涙はみちたるへし
泣きての後の冷笑とは、あなたらしく、鋭敏でえぐるような言葉ですね。

だけど、そんな言葉を発した後、あなたはいつも傷ついています。その傷を癒すため、さらに寸言でひとを刺すのです。

わたしはあなたが心配です。

あなたは、わたしと同じ、すね者で傷つきやすく、倒れやすい。でも、わたしのほうが、ちょっとは勁(つよ)いでしょう。

わたしが生きていたら、あなたを守ってあげられたのに。しかし、それはもうできないのです。

あなた、許してくださいませ。

◇

一葉が没したのはこの年、十一月二十三日。享年、二十四。

霙(みぞれ)まじりの冷え込む夜だった。

通夜には、緑雨のほか川上眉山、戸川秋骨(とがわしゅうこつ)らがいた。緑雨は頬がこけ、げっそりとやつれていたが、平気な様子で振る舞い、

「句ができたよ」

と眉山らに、

——霙降る田町に太鼓聞く夜かな

という俳句を示した。俳句が書かれた短冊には点々と涙の跡があった。

葬儀は二十五日に行われた。

会葬者は十数名だけというさびしい葬儀だった。その会葬者の中に緑雨は数カ月前に見かけた女学生、りょうがいるのに気づいた。

りょうは花圃から葬儀のことを聞いて、矢も楯もたまらず、やってきたのだ。

緑雨はつかつかとりょうに近づいて、

「夏に樋口さんのところへ来ていたひとだね」

と声をかけた。

驚いたりょうがうなずくと、緑雨は懐から紙片を取り出した。緑雨はりょうに紙片を差し出しながら、

「これをあなたに返すようにと言われていたのでね」

と告げた。

りょうは見る見る気落ちした。

「やはり、樋口先生はこの詩がお好きではなかったのですね」

りょうが言うと、緑雨はゆっくりと頭を横に振った。

「いや、そんなことはないよ。樋口さんはおそらくこの詩が眩しすぎると思ったのじゃあるまいか」

「眩しすぎる？」

りょうは訝しげに首をひねった。

「そうだよ。樋口さんは、あなたに、わたしには、たためる翼がなかったから、と伝えてくれと言い残したよ」

「そんな、樋口先生ほどの方がたためる翼を持っていなかったとしたら、わたしたちは

誰も翼を持てません」

　嘆くりょうを緑雨はやさしく見つめた。

「そんなことはないよ。樋口さんの生涯はいかにしたら、翼を持てるかを求め続けた一生だったと思うからね」

　緑雨は、一葉にはこんな言葉もある、と言った。


　――我れは女なり　いかにおもへることありともそは世に行ふへき事かあらぬか

「女であるがゆえに、いかに思おうともできぬことがある。それは樋口さんにとって腹立たしいことだった。思えば、樋口さんはそんな世の中にいつも腹を立てていたような気がするね」

　緑雨はそう言いながら、棺桶が家の外に運び出されるのに目を遣った。

「これが、本当のお別れだね」

　緑雨はつぶやいて合掌した。

　そのとき、曇天の雲の切れ間から一条の光がさした。緑雨は、『にごりえ』の最後の一節をつぶやいた。

――恨は長し人魂(ひとだま)か何かしらず筋を引く光り物のお寺の山といふ小高き処(ところ)より、折ふし飛べるを見し者ありと伝へぬ

あたかも一葉の魂が光となって天に駆け上るかのようだった。

緑雨は後に、『一葉全集』の校訂を行い、遺族の暮らしにも心を配った。一葉から遅れること八年、明治三十七年に、三十六歳で亡くなる直前まで、一葉の日記を手元に置いていたという。

第六章　恋に朽ちなむ

一

明治女学校で火災が起き、再建されるまでの時期、りょうは神田駿河台のニコライ堂に何度か足を運んだ。

なぜなのか、自分でもよくわからない。ただ、以前、横浜のフェリス和英女学校に通っていたころ、音楽の教師、ミス・モルトンから、

「東京へ行ったら日曜にニコライの会堂へ行ってごらんなさい」

と教えられていた。ミス・モルトンの話では、ニコライ堂での無伴奏のコーラスがとてもすばらしいのだそうだ。

荘厳なコーラスを聞きたいと思ったのは、新聞にりょうにまつわる醜聞記事が載ったころだった。世の中が厭になり、何か美しいものを見たい、聞きたいという気持になったのだろう。

そして火災で明治女学校の校舎が焼失したことが、たとえ再建に向かっているとは言っても、前途に翳りを帯びて感じられた。

りょうはこれからどう生きていこうかという悩みを胸に抱いていた。そのきっかけとなったのは、りょうにとって旧知の牧師、島貫兵太夫から勧められた縁談だった。

島貫がりょうの結婚相手にどうだろうか、と紹介したのが、

――相馬愛蔵（そうまあいぞう）

という信州、穂高（ほたか）の山村に住む男だった。愛蔵はりょうより六歳上で東京専門学校に通っているころクリスチャンになり、内村鑑三から指導を受けた。また、明治女学校校長の巌本善治からもかわいがられた好青年だった。

現在は故郷で養蚕（ようさん）業をするかたわら、クリスチャンとして禁酒運動や廃娼運動に取り組んでいるという。島貫は愛蔵が東京に出てきたおりにりょうと会わせた。

「りょうのようなじゃじゃ馬をならすことができるのは、愛蔵のようなおっとりした男だけだ」

島貫はりょうの前ではっきり言った。じゃじゃ馬と言われて、りょうはちょっと腹が立ったが、愛蔵はのんびりとした様子で微笑を浮かべている。

そんな愛蔵が、りょうは気に入った。恋愛感情などという重いものではないが、一緒にいればくつろげる気がした。初めて会ったとき、愛蔵は色白で赤い頬をして度の強い眼鏡をかけており、手織り木綿の着物だった。りょうは武家そだちだけに愛蔵が袴をつけていないことが気になったが、そのほかは気に入った。

（篤実そうなひとだ）

それだけで十分ではないかと思った。だが、心の中に何か蠢くものがある。

（何だろう――）

自分の胸の内を覗き込むと、なぜか国木田独歩の面影が浮かんだ。

逃げ出した妻の信子を追って、りょうの前に現れたときの、焦燥し、不安に怯えていた独歩の顔である。

熱烈な恋愛の果てに結ばれながら、信子を自分のもとにとどめることができなかった独歩は困惑し、自らに失望し、どう考えたらいいかわからない運命を前に立ちすくんでいた。あの時、独歩の顔に浮かんでいた孤独に、りょうは憐憫の情を抱いた。

（あれは恋愛感情ではなかった）

いまでもそう思うが、胸の底からにじみ出るように湧いてきたせつなさとやさしさはいったい何だったのか。妻に去られた独歩のみじめさ、愚かさの中に、りょうは純粋なるものも感じた。ひとは自らに嘘をつかず、対峙しようとするとき、あるいはみじめで無惨なのかもしれない。

独歩はそんな自分から逃げなかった。少なくとも、りょうにはそう思えた。だから、独歩がいとおしかったのだ、と考えかけてりょうはあわてて頭を振った。

そんなはずはない。

わたしは、恋愛に振り回されて、自らの生きる道を歩む足を泥濘にとられたりはしない。北村透谷や島崎藤村のように、あるいは透谷の恋人、斎藤冬子や恋情の赴くままに生きた佐々城信子のようにはなりたくない。

では、どう生きたいのか。りょうはため息をつく思いだった。だから、ニコライ堂に来たのだ。

ニコライ堂は正しくは日本ハリストス正教会教団東京復活大聖堂という。

文久元年（一八六一）ロシアより来日して伝道に従事していたニコライが聖堂の建設に取り組み、明治十七年（一八八四）起工して七年後、明治二十四年に竣工した。

設計はペテルブルグのシュチュールポフで、イギリス人建築家のコンドルも関わったといわれている。レンガと石造りで銅板葺き。ビザンティン様式の教会形式を伝えている。

ニコライ堂の中に入ると、中央には祭壇があり、金の十字架がかかげられている。

周囲の壁には十二使徒の絵が飾られていた。信者たちが立ち並んで十字を切る。やがて役僧たちが釣り香炉を持って現れた。

香煙がただよい、かぐわしい香の匂いが堂内に満ちた。

紫の衣を着たニコライ主教が続いて出てくる。六尺豊かな大柄で威厳に満ちている。祭壇の前でニコライ主教は黒の衣に着替え、冠のようなものを被った。底響きする声でニコライ主教が祈りをささげると、ニコライ神学校の生徒がコーラスをする。

祈りの声とコーラスを聞いていたりょうは自然に涙が出てくるのを止められなかった。

しかし、続いて、

「お説教が始まります」

という女性の声がした。りょうはあわてて席を立ち、入り口に向かった。生き方に思い迷っているだけに、いまさらロシア正教の説教は聞きたくなかったのだ。

しかし、入り口から飛び出した時、女性とぶつかった。悲鳴をあげて女性が倒れた。着物に袴をつけた女学生のような身なりの、りょうと同年配ぐらいの若い女性だった。

「申し訳ありません」

りょうはあわてて女性を助け起こそうとした。しかし、女性は足をくじいたのか、すぐには立ち上がることができなかった。うろたえたりょうがどうしようか、と思っていると、女性は手をのばしてきて、

「手助けしてください」

としっかりした声で言った。りょうは女性の脇に肩をいれて支えた。女性は片足に力を込めて立ち上がると、

「あそこへ」

とニコライ堂のそばの木のベンチを片手でさした。りょうは女性を助けてベンチに近

づいた。女性はベンチに座ると左足のくるぶしをなでた。

「ちょっとひねったようですが、たいしたことはありません。少し休めば歩けると思います」

女性はにこりとして言った。目鼻立ちがはっきりした丸顔で笑顔に品があった。

「申し訳ありませんでした」

りょうは立ったまま深々と頭を下げた。

「たいした怪我ではありませんから、気にしないでください」

女性は言いつつ、りょうの顔をのぞきこんだ。

「それよりもどうして聖堂から飛び出してこられたのですか。いまは説教が行われているころですが、あなたがなぜ急いで出てこられたのか気にかかります」

戸惑ったりょうがうつむくと、女性は笑顔で言い添えた。

「わたしは山田郁子と言います。ニコライ女子神学校の教師をしています」

洗礼名はエレナです、と郁子が名のるのを聞いて、りょうは、

「わたしは星りょうです。明治女学校の学生です」

と名のった。そして郁子からうかがうような眼差しを向けられたりょうは、

「わたしはいま、結婚について悩んでいます。それで、説教で何か言われるのが耐えられない気がして出てきてしまいました」

から」

と正直に言った。

「ああ、そうなのですね。お気持はわかります。わたしも結婚のことで悩んでおります

郁子は何げなく言った。

「えっ、そうなのですか」

りょうは郁子があっさりと自らの悩みを口にしたことに驚いた。

郁子は、はい、とうなずいて、

「初めてお会いした方にこんなことを言っては変だと思われるでしょうが」

と言った。

りょうは歳が近いことに親しみを感じてくすりと笑った。郁子も同じらしく、打ち解けて話し始めた。

「わたしは東京神学校を卒業したある男性と交際していました。その方はわたしの先輩教師の弟でした。そしてわたしと結婚することを望まれていたようです。ですが、わたしには——」

そこまで話して郁子はさすがに言いよどんだ。りょうは郁子の顔を見つめた。ととのった美しい顔である。

「別な方が現れたのですね」

りょうがうながすように言うと、郁子はきっぱりと答えた。

「はい、今年の一月にロシア留学から帰国された瀬沼恪三郎という方です。いまは神学校の校長に就任されています」

郁子の声には誇らしげな響きがあった。

「その方から求婚されたのですか」

りょうがたしかめるように言うと、郁子はゆっくりと頭を振った。

「いいえ、それはまだです。でも、あの方はわたしにきっと求婚なさいます。もし、そうされないようでしたら、わたしはいま交際している方からの求婚に応じて婚約します。そうしたら、あの方はきっとあわててわたしのもとへ来られるでしょう」

郁子はくすりと笑った。りょうは郁子の自信をかすかに疎ましく感じた。それだけに、自分のことを言う口調には固いものがあった。

「わたしはひとの勧めで結婚を考えています。相手の方は篤実なご立派なひとだと思いますが、何となく、それだけでよいのかという気がしてしまって」

「恋をしたいということでしょうか」

郁子は目の奥を輝かせて訊いた。

いいえ、とんでもない、とりょうは急いで打ち消した。

「わたしは恋愛をして苦しむひとを見てきました。そんな目に遭いたいとは思わないのです」

「では、悩まないでもいいのではありませんか。どなたかが勧めてくださる方と結婚されればいいではありませんか」

郁子は突き放すように言った。りょうはしばらく考え込んでから、

「アメリカの詩人、ロングフェローの詩劇の中に、結婚についてのこんな言葉があるのをご存じですか」

と言って、英語を口ずさんだ。

What does marry mean?
It means to spin, to bear children, and to weep.

結婚とは何なのか？　紡ぐことであり、子供を産むこと、そして泣くこと——。

「これだけだとつまらないようにも思うのです」

りょうが言うと、郁子はうなずいた。

「たしかに結婚はそうかもしれませんね。でも、わたしは結婚は何かを得るためのものだと思います」

「何かを得る？」

「そうよ、お金でも名誉でも地位でも何でもいいけど、とにかく何かを得るためのものではないかしら」

郁子は平然と言ってのけた。

「でも、それでは得をするために結婚するというのですか」

りょうは眉をひそめた。郁子は笑み続ける。

「先日、こんな言葉をロシアの小説で知りました。まずいながらも自分で訳してみましたのよ」

郁子は訳したという小説の一節をゆっくりと口にした。

――和合した家庭の状(さま)は、いづれも似通うた者であるが、然(さ)あらぬ家庭に於ては、其の不幸の躰(てい)が皆各(おのおの)差(ちが)ふ。

幸福な家庭はすべてよく似ているが、不幸な家庭はみなそれぞれに不幸である、というロシアの文豪、トルストイの『アンナ・カレーニナ』の書き出しである。

東京神学校では、『裏錦』という教会の機関誌を発行していたが、郁子は同誌に投稿しつつ文学に目覚めていた。

後に瀬沼恪三郎と結婚した郁子は小説家、尾崎紅葉に弟子入りして夏葉(かよう)というペンネームをもらう。

わが国で初めて、ロシアの作家チェーホフの『六号室』などの翻訳を行い、紅葉とともに『アンナ・カレーニナ』の翻訳作業にも取り組むことになる、

——瀬沼夏葉

である。

「ねえ、星さん、あなたとわたしはよく似た幸せな結婚をするのかしら。それともまったく違う不幸せな結婚をするのかしら」

郁子は笑みを浮かべて訊いた。

りょうはゆっくりと首を横に振った。

わからない。

それは誰にもわからないことなのだ、とりょうは思った。

二

明治三十年三月——

りょうは明治女学校を卒業した。

結婚を前にりょうは、ひさしぶりに鎌倉の星野天知の別荘を訪ねた。

三日ほど泊めてもらい、夜に由比ヶ浜に出て星空を眺めた。結婚すればこんなこともできなくなるのだろうか。しかし、すべてを悲観して考えてしまうのはなぜなのか。

それとなく悩みを告げると、天知は、

「女性は常に悩むもののようだね」

と笑って、一首の和歌をりょうに教えた。


――恨みわびほさぬ袖だにあるものを恋に朽ちなむ名こそ惜しけれ

恨んで恨み嘆いて涙を乾かす時間もない着物の袖が、やがて朽ちることさえ口惜しいのに、さらにこの恋のおかげで悪い噂を立てられ、私の名が朽ちていくのが悔しい、という歌だ。

赤染衛門（あかぞめえもん）、紫式部（むらさきしきぶ）と並び称された女性の歌人、

――相模（さがみ）

の『後拾遺和歌集』にある歌だ。相模は、源頼光（みなもとのよりみつ）の娘で相模守の大江公資（おおえのきんより）の妻となり任国の相模へ夫とともに赴いたので、相模と呼ばれたという。

相模の結婚生活はうまくいかず、公資と別れ、その後、権中納言藤原定頼（ふじわらのさだより）や源資（みなもとのすけ）

通（みち）と恋愛したが、いずれも結婚にはいたらず別れることになった。

相模はその後、一条（いちじょう）天皇の第一皇女、脩子（しゅうし）内親王の女房となった。歌人としての名は高くなったが身辺は寂しかった。

それだけに和歌には、恋に破れて、毎日、泣いて暮らしているそうだ、などと言われるのが悔しいという思いがあふれている。

哀（かな）しい女の歌だ。

りょうは最初、天知がなぜこの歌を示したのか、わからなかった。

だが、ふと気がついたのは、天知はりょうが結婚を前に天知への想いを捨てかねていると勘違いしたのではないかということだ。

（そんなことはないのに——）

天知の自惚（うぬぼ）れがおかしかったが、しかし、考えてみると、天知への想いではないにしてもりょうの胸の中にはなにがしかのものがあった。

それは明治女学校に入って以来、抱き続けた何かだ。

恋愛ではない。

しかし、恋愛に似た何か、生きていくうえでの激しい情熱を求めていた気がする。それが結婚によって満たされるとは到底、思えない。

では、どうしたらいいのか。考えはそこで堂々めぐりをしてきたのだ。自分はいま自分に似つかわしくない人生の一歩を踏み出そうとしているのではないか。

相馬愛蔵との結婚式は三月二十日、牛込の教会で行われた。

りょうは寄宿舎を出て、叔母の佐々城豊寿のもとに身を寄せていた。

式には佐々城夫妻とかつて国木田独歩の妻だった従妹の信子も付き添って、何くれとなく世話をしてくれた。

りょうの介添えは巌本善治が務めてくれた。巌本は、りょうのために勝海舟に李白の詩「春日酔起言志」の一節、

――浩歌待明月

を揮毫してもらっていた。巌本は詩を大声で吟じた。

世に処るは　大夢の若し
胡為ぞ　其の生を労す。
所以に終日酔ひ
頽然として前楹に臥す。
覚め来りて庭前を眄れば
一鳥花間に鳴く。

借問す此れ何の時ぞ
春風　流鶯と語る。
之に感じて嘆息せんと欲す
酒に対すれば還た自から傾く。
浩歌して明月を待ち
曲尽きて已に情を忘る。

生きてゆくことは、大いなる夢のようだ。なぜ、生きていくことに気苦労をすることがあろうか。それゆえ朝から晩まで酔って、酔いつぶれて柱のそばで寝てしまう。朝になって目覚めて庭先を眺めると、一羽の鳥が花の中で鳴いている。これは一体なんという素晴らしい時なのかと問いたいものだ。春風が吹き、鶯は囀っている。この情景に感動しようと、また、酒杯を重ねる。大いに歌い、明月の出を待っていたが、音曲が終わる時には、また、酔ってしまった、という詩だ。

海舟が、大いに歌い、明月の出を待つと揮毫したのは、祝婚の意を込めてなのだろう。

(世に処るは大いなる夢の若し、本当にそうだ)

巌本が詩を吟じるのを聞きながら、りょうは感慨深く思った。

結婚式をあげた後、二十三日には、上野から汽車で信州に向かった。高崎で乗り換え、碓氷峠では汽車はあえぎながら登っていった。

上田に着くと、後は人力車、徒歩で山道を越えていかねばならない。山国とは聞いていたが、これほど山々を越えていくのか、とりょうは暗澹とした。

しかし、峠を越えて広やかな緑なす野山を見て吹き渡る風を感じた。見渡す景色に光を感じたのだ。

ふと、りょうの胸には新生活への希望が湧いた。ひとはやはり、自分にふさわしい人生を生きていくのではないか。

りょうは松本に入った。愛蔵は穂高に向かって道を歩きながら、このあたりの中萱という貧しい村の多田加助という名主の話をした。

加助は重い年貢に堪えかねて農民ともども城に押しかけた。そして年貢の減免を願い、二斗五升引き下げの約束を取り付けた。ところが、その後、加助は家老の悪計によって捕えられ、磔にされた。しかし、加助は磔柱にかけられても気力を失わず、城を睨みつけると、

——二斗五升引きだぞ

と叫びながら竹槍で刺されて死んだという。

名主の家柄だという愛蔵は、

「多田加助は偉い。男はこうでなければ」

と力を込めて話した。そんな愛蔵にりょうは心が動くのを感じた。愛蔵には自分が共感できるいいところがある。

りょうは嬉しくなった。

(見出そうとさえすれば、光はどこにでもある)

そう思ったとき、ニコライ堂で会った山田郁子の顔が思い出された。天知から教えられた和歌が思い出された。あの和歌にあった、

——恋に朽ちなむ名こそ惜しけれ

という句は、交際している男がいながら、別の男に乗り換えようとしているらしい郁子にこそふさわしいのではないか。

しかし、そのような生き方は幸せをもたらすのか。

(わたしは大丈夫よ。あなたはどうなのかしら——)

りょうは郁子に問いたい、と思った。

三

郁子はりょうの結婚から一年後、明治三十一年一月二十日に瀬沼恪三郎との結婚式を神田駿河台の聖堂であげた。

郁子は前年の春に、そのころ交際していた高橋門三九(たかはしもんさく)と婚約した。しかし、婚約してから三カ月後、恪三郎が求婚すると郁子はあっさり高橋との婚約を破棄した。

郁子は上州、高崎の生まれで父親は蚕の卵を養蚕農家に売る仕事をしていた。郁子が幼いころ母親は亡くなっており、生家は貧しかった。

父親は郁子の母親が死んだ後、二度、結婚している。郁子にはふたりの異母弟があったが、肉親としてのつながりは薄かった。

郁子は教育を受けるために十歳でニコライ女子神学校に入り、教師となった。さらに上昇したいと思っていた郁子にとって、ロシア帰りで神学校の校長になった七歳年上の恪三郎は理想の結婚相手だった。

だが、郁子の結婚式に女子神学校から出席した教師や生徒は少なく、コーラスも寂しいものとなった。

郁子が婚約者を捨てて恪三郎と結婚したことが、悪い噂になっていたのだ。郁子とか

つての婚約者の結婚を望んでいたニコライ主教は、日記に郁子のことを、

——コケートカ（媚上手な女）

と罵った。

郁子は周囲の冷たい視線を感じながらも昂然と顔をあげて式に臨んだ。

結婚した後、郁子は女子神学校の寄宿舎を出て神学校の二階の教員宿舎で校長夫人としての暮らしを始めた。部屋には古いながらもピアノがあり、郁子は時々、ピアノに向かって「ヴォルガの舟歌」などの好きな曲を弾いた。

郁子が望んだように結婚によって何かが得られたのだ。

この年の十二月、郁子は長女を産んだ。さらに二年後には長男も生（な）した。郁子は平穏な暮らしを楽しんでいるかに見えたが、明治三十四年になって作家の尾崎紅葉の弟子となった。

紅葉は、このころ『読売新聞』に、

——金色夜叉
を連載していた人気作家であり、硯友社（けんゆうしゃ）を率いて文壇に一大派閥を築いていた。

また、弟子の育成に厳しく、後に大をなす門人、泉鏡花（いずみきょうか）の原稿などは朱筆の添削で真っ赤にしたことで有名だった。そんな紅葉だけに弟子となれば文壇への登場が約束されたようなものだった。

紅葉の『十千万堂日録』には、

明治三十四年一月三十日　神学士瀬沼恪三郎氏（中略）来る、不遇。

同　二月十八日　瀬沼恪三郎氏来りて、其の内室の入門を請ふ。

二月二十八日　一時過瀬沼郁子来訪、原稿二種持参。

三月一日　瀬沼郁子氏ビスケット一缶持参。

とある。郁子は夫の恪三郎にせがんで紅葉との間を取り持たせると、自ら原稿を持って乗り込み、さらに数日後には紅葉の歓心を買おうとビスケットを持って訪ねた。

ニコライ主教が、ひそかに呼んだ、

――コケートカ

として振る舞ったのだ。

郁子は三月八日には入門を許され、夏葉の号ももらった。紅葉門下にはこのころ、

北田薄氷

田中夕風

などの女性弟子がいた。だが、紅葉の「葉」を号として与えられた郁子は最初から優遇されたことになる。夫である恪三郎の神学校校長という肩書と郁子がロシア語が堪能

だという触れ込みに紅葉は眩惑されていた。

このころ、レールモントフの『現代の英雄』やドストエフスキーの『罪と罰』などが紹介され、二葉亭四迷がツルゲーネフ作の『片恋』を翻訳するなどロシア文学への関心が高まっていた。

紅葉にはこの流行に乗りたいという気持もあったのだろう。美しく、気丈で聡明な夏葉は、紅葉にとってロシア文学という新分野を切り開いてくれる有能な弟子に見えたのだ。

紅葉の門人となった郁子は望むものはすべて手に入れようと歩き出していた。この年から、郁子は次々に『里の女』『余計者』『六号室』などのチェーホフの翻訳作品を発表していく。

郁子は自らのチェーホフに対する傾倒を『露国文豪チエホフ傑作集』の序文で、

――如何にわれはチエホフを愛せしぞ、如何に彼はわがこよなき友にてありつるぞ。

と昂揚した思いのままに記した。紅葉もまた郁子の興奮に巻き込まれたかのように、序文に、

——余は初めて、チエホフの作を見たり其着想の如何に面白き、われも亦今常に此の如く、不自然ならぬ人生に於て、ユーモルを見ること、此の如き所のものを創作せんことを希へり。

と絶賛する文章を寄せたのである。

こうして郁子の文名は高くなっていったが、その陰で郁子の翻訳は実際には恪三郎がしているのではないか、という噂が囁かれるようになった。

郁子のロシア語の実力では、文学作品の翻訳はできない、ロシア留学の経験がある恪三郎が手を貸しているのではないか、と疑われたのだ。

だが、郁子はそんな陰口を一顧だにしなかった。

すでに名声は築かれており、恪三郎の神学校校長という社会的地位が陰口をも抑え込むだろうと考えていたのだ。さらに、瀬沼家は後に新聞に、

——家政甚だ贅沢三昧

と書かれるほど裕福な暮らしを始めていた。

郁子は結婚によってすべてを手に入れたのである。

そのころ、りょうは穂高で挫折を味わっていた。

嫁して翌年には長女俊子を、続けて長男安雄(やすお)を産んだ。愛蔵の養蚕業も張り切って手伝い、すべては新しく光に満ちた生活になるかと思った。

愛蔵のもとには、養蚕業に取り組もうとする村の若者が集まっては将来について語り合った。愛蔵は村の若き指導者だった。

りょうはそんな愛蔵が誇りだった。

愛蔵を支えてともに働きたいと思った。だが、東京の女学生だったりょうには、地方の農村で子育てをしながらの日々の労働と古い慣習に縛られた生活は過酷だった。しだいに骨がきしむように疲労がたまり、同時に心が蝕(むしば)まれていった。心が悲鳴をあげると、腰に激痛が走り、立てなくなった。

村では働けない人間はただの厄介者である。

どれだけ、愛蔵を誇りに思い、村の将来のために自分も何かをしたいと願っても、働けなければ一銭の値打ちもなかった。

時おり、明治女学校の後輩が訪ねてくることがあった。後輩たちはかつて学校中の人気者だったりょうの、農作業にやつれた姿に驚きながらも、東京の話を夜っぴてして聞かせた。

りょうはそんな話をむさぼるほどに聞いた。そんなとき、ふと話が、りょうもかつて愛した文学に及んだ。

近頃はロシア文学に人気が集まっているという話になったとき、後輩のひとりが言った。

「先輩はご存じですか。近頃、尾崎紅葉門下の夏葉という女性がロシアの文豪のチェーホフを訳して人気なんだそうです。夏葉というひとは駿河台の神学校校長の瀬沼恪三郎というひとの奥様ですが、とてもきれいな方なのだそうです」

瀬沼恪三郎という名を聞いて、りょうはふと胸に思い当たった。かつてニコライ堂で会った山田郁子が口にしていた名ではないか。

「夏葉というひとの本名は山田郁子というのではありませんか」

りょうが訊いても、後輩は知らないと首を振った。りょうがそうですかとつぶやいて、気落ちした様子なのを見て、後輩は言い添えた。

「名前は知りませんが、東京女子神学校の教師をしていた方で、実は瀬沼校長と結婚する前に婚約者がいたそうです」

「本当ですか」

りょうは膝を乗り出した。後輩はおかしそうに笑った。

「夏葉というひとは、瀬沼校長から求婚されると、すぐに婚約者と縁を切ったんだそうです。まるで尾崎紅葉の『金色夜叉』に出てくるお宮みたいだと言うひとがいます。ダイヤモンドに目がくらんで、恋人の貫一を捨てたのですから」

くすくすと笑う後輩を前にりょうは呆然とした。そうか、やはりあの郁子が夏葉なのだと思った。

結婚は何かを得るためのものだ、と言っていた郁子は実際に得たいものを得たのだ。それに比べて、自分は心と体を病んですべてを失おうとしている。

恋に朽ちようとしているのは、自分の方ではないか、とりょうは思った。男への恋ではない。人生への恋だ。

りょうの目から涙があふれた。

このままではいけない。どうにかしなければ、自分はこのまま死んでしまう。そう思うにつれ、涙はあふれて止まらなかった。

◇

明治三十四年九月、りょうは愛蔵を説得して上京した。

本郷のパン屋、中村屋を居抜きで購入して十二月三十日に開業した。このころ、りょうは巌本から、

——黒光（こっこう）

というペンネームを与えられている。才気があふれて光が迸（ほとばし）ることをたしなめ、黒い光をこそ、という意味が込められていた。りょうは、

——相馬黒光

という名で後に知られていくことになる。

りょうがパン屋を開業してから五年後の明治三十九年九月、モスクワ大学医学部から東京帝国大学医科大学へ留学したロシア人の青年がいた。青年の名は、

——ニコライ・アンドレーエフ

この時、二十一歳。

瀬沼夏葉こと郁子はこの十歳年下のロシア人青年と恋に落ちる。

三年後の明治四十二年、郁子は夫の恪三郎と五人の子供を置いて恋人のアンドレーエフとウラジオストークに駆け落ちし、醜聞事件を起こすのだ。

四

ロシア人留学生、ニコライ・アンドレーエフは美貌でおとなしそうな好青年だった。

しかし、その身辺には怪しい事件が起きていた。

アンドレーエフが下宿していた家の女主人、ロシア人のM・コンデ・レンガルデン夫人が明治四十年十二月九日、ピストル自殺を図ったのだ。

幸いにも命を取りとめ、自殺未遂となった。だが、コンデ夫人が自殺しようとした原因はアンドレーエフと男女の仲であったためではないかと見られた。

コンデ夫人は一八七一年生まれで、この年、三十六歳。オデッサの生まれで日露戦争のころは、篤志看護婦として従軍していた。

戦後、ロシアの官憲から革命党員ではないかという疑いをかけられ、知人の日本人を頼って日本へやってきた。

アンドレーエフと出会ったころは、神田猿楽町一丁目の家に、

――正則露語教授露国婦人

という看板をかかげてロシア語教授をしていた。

留学して来日していたころのアンドレーエフは本郷千駄木町の下宿屋にいたが、日本食が合わず、コンデ夫人の家に通ってロシア料理を食べさせてもらっていた。

そのうち、アンドレーエフは食事に通うのが面倒になり、コンデ夫人の家の二階に一部屋空いていたことから、引っ越してきた。

コンデ夫人は十九歳のころウラジオストークのロシア陸軍御用達商人と結婚したが、その後、離婚していた。

日本では日本人の女中とふたり暮らしだった。しかし、それでは不用心だというので、ふたりの日本人学生を止宿させていた。

アンドレーエフもそんな下宿学生のひとりになったのだ。しかし、美青年のアンドレーエフが家に入ってきたことで、コンデ夫人の内面で何かが変わった。

コンデ夫人は午前八時から十時まで大学生にロシア語を教え、午後はロシア公使館からの依頼でイギリスの新聞をロシア語に訳し、さらに夜には通ってくる学生にロシア語を教えるという忙しい生活だった。

それでもアンドレーエフが来てからは、毎日の昼食は必ずともにした。十数歳下のロシア青年のために食事の支度をするコンデ夫人は幸せそうだった。ふたりは、たとえロシア語を学んでいる者でも日本人にはわかりにくいロシア語の俗語で親しげに話した。

郁子がコンデ夫人のもとにロシア語を習いに行くようになったのは、アンドレーエフが下宿を始めたのとほぼ同じころだった。

コンデ夫人の家でアンドレーエフと顔を合わせた郁子はまだつたないロシア語で話しかけた。アンドレーエフはやさしい微笑を浮かべてこれに応えた。

郁子は憧れのロシアの地からやってきた、あたかも小説の登場人物のようなロシア青年に感銘を受けた。

もっとアンドレーエフと語り合い、親しくなりたいと思った。しかし、コンデ夫人の家に通ううちに、アンドレーエフとコンデ夫人の間に何事か芽生えていくのを郁子は何となく感じた。

「コンデ夫人とはお親しいのですね」

郁子が訊くと、アンドレーエフは笑みを浮かべて、

「食事の世話をしてもらっていますから」

と答えた。まるで母親に甘える少年のような汚れのない表情をしていた。

「ですが、この国では男性と女性はあまり親しくならないようにしているのですよ」

コンデ夫人とあまり親しくならないほうがいいと、遠回しに郁子が言うと、アンドレーエフは首をかしげた。

「どうしてですか。人が親しくなるのはよいことではありませんか」

無邪気な面持ちでアンドレーエフは郁子を見つめた。栗色の巻き毛が美しかった。郁子はアンドレーエフに見つめられると頰を染めた。

(このひとは無垢だ)

それに比べて年下の青年と同居するようになってから、若やいだ様子のコンデ夫人を疎ましい、と郁子は思った。だが、そんな風に胸が騒ぐのはアンドレーエフのそばにいる女性への嫉妬なのかもしれない。

そう考えて郁子ははっとした。

（なぜ、わたしが嫉妬しなければならないのだろう）

郁子は瀬沼恪三郎との結婚により、神学校の校長夫人という社会的な地位を得た。さらに恪三郎に仲介してもらって尾崎紅葉の弟子となり、夏葉という筆名ももらった。チェーホフを翻訳し、文学者としての名を高めた。

これまで、郁子は結婚によって様々なものを得てきたのだ。何の不足もない、と思ってきた。しかし、実は大きく欠けたものを感じていたのかもしれない。

それは、ひとを愛するということだ。

コンデ夫人が十数歳年下の青年に関心を抱いていることが、郁子には、ひどく羨ましく思えた。コンデ夫人の胸の内には熱く漲るものがあるのだ。それが妬ましいのだ。

ロシア語の授業の後、郁子はテーブルでコンデ夫人と紅茶を飲みながら、トルストイの『アンナ・カレーニナ』をどう思うかと訊いたことがある。

この小説では、モスクワ駅へ母を迎えに行った青年士官ヴロンスキーが母と同じ車室に乗り合わせていたアンナ・カレーニナと出会う。

アンナの美貌に心惹かれたヴロンスキーは恋に落ちる。アンナも退屈な夫、カレーニンとの愛のない日々に飽き果ててヴロンスキーの情熱を受け止める。しかし、ふたりを待ち受けていたのは、宿命的な悲劇としての恋の終わりだった。

アンナはヴロンスキーの子を産み、ともに暮らすようになるが、社会はふたりの不品行を許さない。

離婚が成立しないまま孤立していったアンナは、ヴロンスキーとも心がすれ違うようになりついには鉄道自殺する。

「アンナはかわいそうです」

コンデ夫人がため息をつくと、郁子はひややかに言った。

「アンナはかわいそうでしょうか? 退屈な結婚から逃れて、自分らしい恋をしたのだと思います。成就しない恋こそが美しいのでしょう。しかし、アンナはそれを求めたのですから同情される謂れはないと思います」

コンデ夫人は不思議そうに郁子を見た。

「あなたは、アンナが幸せだったと言うのですか」

郁子は頭を振った。

「いえ、幸せではなかったと思います。でも、彼女は得難いものを得たのかもしれません。それは全身全霊をかけるに値する恋愛です」

「もし、そんなすばらしい恋愛があるとすれば、それは天国にしかないでしょう。わたしたちにはとても望めません」

寂しげにコンデ夫人は微笑した。

「なぜ、望めないのですか」

　郁子は興味深げに訊いた。コンデ夫人は慎重に言葉を選びながら答える。

「もし、わたしがある男性を好きになったとしても、自分の年齢や立場を考えなければなりません。それに恋愛はとても残酷で、愛が永遠に変わらないわけではないのです。もし、すべてを捧げて恋愛に走ったとしても、相手が心変わりすれば、すばらしい宝石のはずのものがただの石ころに変わってしまうのですから」

「だから、結婚への条件がととのっていない相手とは恋愛はできない、とあなたはおっしゃるんですね」

　郁子はたしかめるように訊いた。

「ええ、少なくともわたしはそうなのです」

　郁子はしばらく考えてから、ぽつりと言った。

「あなたは正直じゃない。嘘をついているのではありませんか」

「嘘ですって——」

　コンデ夫人は息を呑んだ。郁子はゆっくりと話を続ける。

「ええ、わたしは、あなたが本当のことを言っていないと思います。アンドレーエフさんのことで——」

　意味ありげに言って郁子は口を閉ざした。

　コンデ夫人は郁子を睨みつけていたが、やがて唇が震え、青い目に涙をためた。

「わたしはあなたにそんなことを答えようとは思いません」

コンデ夫人は激しい口調で言った。

郁子が頑な表情で口を閉じていると、コンデ夫人は言葉を継いだ。

「あなたはアンドレーエフに関心があるのでしょう。いいえ、すでに好きになっているのかもしれません。だから、わたしとアンドレーエフの間を邪推して焚きつけるようなことを言うのです。それがわたしをどんな恐ろしい目に遭わせるか考えもしないで」

言い終えたコンデ夫人は絹のハンカチで顔をおおって泣いた。その様を見つめた郁子は静かに謝罪の言葉を述べてから辞去した。

コンデ夫人がピストルでの自殺未遂事件を起こしたのは、それから十日後のことだった。

この日、郁子は風邪のため自宅の二階で休んでいた。すると玄関でひとが訪ねてきた声がした。

部屋着に着替えて二階から降りてみると、コンデ夫人の女中が、郁子の夫である瀬沼恪三郎への手紙を持ってきていた。

先日、訪ねて以来、郁子は体調が悪いことを理由に行かなかった。

しかし、コンデ夫人からは何度か、話がしたいので来て欲しいとの連絡があった。しかし、郁子は体調が悪いことを理由に行かなかった。

厭な予感がした郁子は手紙を開いてみた。すると、手紙の中身は遺書だった。郁子はすぐに女中にコンデ夫人の家に戻らせた。

「何か起きていたらすぐに報せなさい」

郁子に言いつけられて女中はすぐに戻っていった。

そして、コンデ夫人が居間でピストルの弾(たま)を胸に向かって二発撃ち、血まみれになって倒れているのを見つけた。

女中があわてて抱え起こし、すぐに医者を呼びますから、と大声で告げると、コンデ夫人は、

「セヌマさんはどうしたのです。わたしはセヌマさんが来るまで死にません」

と言った。やがて郁子が駆けつけたとき、コンデ夫人はベッドに寝かされ、医者の手当てを受けていた。

女中から、どうやら命は取りとめそうだ、と聞いた郁子がベッドの傍によると、蒼白の顔色をしたコンデ夫人は、郁子の手を握りしめて、

——情夫、情夫
と歯を食いしばりながら、うめくように言った。

情夫とは、アンドレーエフのことなのか。かつてコンデ夫人と親密な関係にあり、このごろ金を要求してまとわりついているヴラヂーミル・レーベヂェフというロシア人がいるという噂を郁子は思い出した。レーベヂェフはコンデ夫人と日本人男子学生やアン

ドレーエフとの仲を嫉妬して、

——淫売婦だ

と悪口を言ってまわっていたのだ。そして、日本までわが息子を訪ねてきたアンドレーエフの父親も、コンデ夫人のことを、

「わたしの息子を食い物にしようとした淫売だ」

と罵ったという。

コンデ夫人は間もなく大学病院で手術を受けてピストルの弾を抜き、命を取りとめた。だが、それからは郁子を遠ざけ、なぜピストル自殺をしようとしたのか、語ることは決してなかった。

郁子はコンデ夫人と疎遠になったが、そのことをあまり気にはしなかった。

(わたしはコンデ夫人のような馬鹿な真似はしない)

そう思った。アンドレーエフはコンデ夫人の自殺未遂事件の後、本郷区森川町(もりかわちょう)にある下宿屋、本郷館に移っていた。

郁子はこの本郷館にアンドレーエフを訪ねるようになっていた。

コンデ夫人に代わってアンドレーエフに日本語を教えるという名目だった。郁子とアンドレーエフとの間に何があったのか。

だが、郁子は炎に惹かれて飛び込んでいく蛾のようにアンドレーエフのもとに通った

のだ。

◇

りょうは本郷に居抜きのパン屋を買って、商売を始めてから懸命に働いていた。店名は以前からのものを引き継ぎ、

――中村屋

である。りょうは髪を櫛(くし)で頭の上にまとめ、筒袖の着物姿で仕事をした。店を始めると、真っ先に母校の明治女学校を訪れて菓子パンを学生ひとりずつに配って宣伝し、巌本善治や学生たちをあきれさせた。

もともと繁盛していた店だったから、りょうと愛蔵が夫婦で努力すると客がすぐについて、パンの売れ行きは好調だった。六、七人の使用人も使うようになった。

だが、パン屋の売り上げはいいといっても知れたもので、一日、せいぜい十円ぐらいである。だからりょうたちは、日々の食事も汁と漬物ですませ、たまに二銭のお菜(かず)をつけるぐらいだった。

この時期、りょうと愛蔵はいくつかのことを決めていた。

一、営業に目鼻がつくまで衣服は新調しない
二、食事は主人も店員も同じものにする
三、米相場や株には手を出さない
四、原料の仕入れは現金取引で行う
五、最初の三年間、親子の生活費は月五十円として、これには郷里で継続する養蚕業の収益から支出する

などだった。

堅実なやり方が功を奏して、商売はしだいに軌道に乗っていった。そのころ、りょうは何とか新しいパンを作りたい、と考えるようになった。

ある日、築地(つきじ)に出かけた愛蔵が、chou à la crème という西洋菓子を買ってきた。シュークリームである。

ふたりはこれを食べてみて、こんなにうまいものがこの世にあるのか、と思った。そして餡(あん)この入ったアンパンではなくて、かわりにクリームを入れたらハイカラなパンになるのではないかと思いついた。

さっそくクリームパンを売り出してみると大好評だった。この間にりょうは次女千香(ちか)、次男襄二(じょうじ)にも恵まれた。明治四十年十二月には、新宿に支店を出すまでになった。やがて新宿店を本店として商売はますます繁盛した。

明治四十二年二月、新聞を読んでいたりょうは、あっと息を呑んだ。

――閨秀作家の正体　瀬沼夏葉女史

という見出しの記事があり、郁子のことを、恋愛にふける、

――世にも恐る可き化生

と書いていたのだ。

（どうしてこんなことに――）

りょうはかつてニコライ堂で会った郁子のことを思い浮かべた。郁子は『アンナ・カレーニナ』の一節を口にした。

――和合した家庭の状は、いづれも似通うた者であるが、然あらぬ家庭に於ては、其の不幸の躰が皆各差ふ。

幸福な家庭はすべてよく似ているが、不幸な家庭はみなそれぞれに不幸なのだ。郁子

の家庭はどのように不幸なのだろう、と思った。

五

新聞で醜聞が書きたてられて間もない七月六日、郁子は夫と五人の子供を置いて、アンドレーエフとともに敦賀から大阪商船の鳳山丸でウラジオストークへと向かった。

この船ではロシア人の観光団が帰国することになっており、この一行に紛れ込んだのだ。

郁子は船中で観光団の一行と親しくなり、いつも談笑し、夜には酒食をともにするなどして十年来の友人のようにして過ごした。

しかし、そのころ国内の新聞では、

——世間にては閨秀作家夏葉女史とて露文学に精通するやう持囃せど実の処は夫の口訳を筆記するに止るものなりと（中略）露国人アンドレーが（中略）本郷区森川町本郷館に止宿中日本語教授の名目にて屢々往復しつゝありしが本月初旬両人手を携へて浦塩へ渡りたる

と書きたてられていた。

六

ウラジオストークに向かう船内で郁子はぼんやりと考えていた。アンドレーエフへのいとしさは募るばかりだった。

（このひととは別れることはできない）

その思いが強く押し寄せた。

しかし、アンドレーエフはどうなのだろう。コンデ夫人が自殺を図ろうとするほどに深い思いを抱いたのは、アンドレーエフから恋愛を仕掛けたからではなかったのか。年上の女に甘える男なのかもしれない、とも思う。

アンドレーエフは美青年でやさしい人柄で言葉が巧みだ。女には常に思わせぶりな言葉をかける。

そんな男の内面にあるのは自らが心地よいところにいたいと望む自己愛だけではないのか。

留学して心寂しいままにコンデ夫人と深い仲になり、コンデ夫人が重荷になるとその関係を清算しようとしたのではないか。

そして、ひとには言えないことだが、アンドレーエフがそんな気持になったのは、自分のことがあったからかもしれない。

コンデ夫人の家でアンドレーエフと会ってすぐにわたしはアンドレーエフに惹かれた。そのアンドレーエフがコンデ夫人と深い仲になっていることはすぐにわかった。アンドレーエフを自分のものにしたい、と思った。だから、コンデ夫人に隠れてアンドレーエフと話し、しだいに打ち解けていった。

コンデ夫人はそのことに勘づいていたのではないか。

いや、わたしは勘づくように仕向けていったのだ。その男と自分がどのような間柄にあるのか、女同士には伝え合う信号がいくつもある。

男が気づかなくとも、女同士は些細な仕草や言葉、視線に深い意味を持たせて、誇示し、あるいは眩惑していく。

女同士の競い合いの中で、相手が示してくるもののどれが真実なのかを見抜かねばならない。

(だからこそ、わたしはコンデ夫人を挑発した)

アンナ・カレーニナのように、恋のためにすべてを擲つことができるのかと。それがアンドレーエフにとって大きな負担になることを知りつつ言ったのだ。

追い詰められてアンドレーエフへの想いを断ち切れなかったコンデ夫人は自殺を図っ

た。あのとき、わたしは勝ったと思った。

アンドレーエフは本郷の下宿屋に移り、日本語を教えるという名目で近づいたわたしはやすやすとアンドレーエフを手に入れた。

しかし、アンドレーエフがただの遊び人だとしたら、わたしは何も勝ってはいない。ただ、アンドレーエフのために都合のいい言い訳を作ってやっただけだ。そして、わたしの心もただ、コンデ夫人が妬ましく、恋愛の勝利者になってみたかったということだけなのか。

どうなのだろう。よくわからない。自分の心がこれほど、わからないなんて。だが、ひとつだけはっきりしていることがある。

わたしは、恋愛の熱情のただ中にいることが好きなのだ。たとえ、それが偽りの恋であったとしても。

そんな気持をいつから抱くようになったのか、よくわからない。ふと、一度だけニコライ堂で会った自分とさほど年齢が変わらない、明治女学校の学生はどうなったのだろう、と思った。

結婚を考えていると言っていたから、おそらくどこかで平凡な結婚生活を送っているのだろう。そうだ。彼女、生意気にもロングフェローの詩劇を引用した。

What does marry mean?
It means to spin, to bear children, and to weep.

結婚とは何なのか？　紡ぐことであり、子供を産むこと、そして泣くこと――。

きっと彼女はいまもそんな人生を送っているに違いない。

平凡な夫の妻となり、日々のつましい暮らしに追われ、夢を見ることなどないのではないか。だけど、わたしは違う。

郁子はデッキに出て海を見た。船が進むにつれ、白い波頭が砕け、広がっていく。

郁子には自分が切り開いていく世界の航跡のように思えた。

女は突然、愛に襲われるときがある。

わたしはアンナだ。

郁子は空に浮かぶ雲に向かって胸の内で叫んだ。

◇

郁子は同年九月十九日、二カ月半ぶりにウラジオストークから敦賀に戻ってきた。当時の『時事新報』には、

――瀬沼夏葉女史は絹紬(けんちゅう)の洋装軽るげに飄然(ひょうぜん)として（中略）鳳山丸にて浦塩より帰着せり

と書かれた。東京に戻ると、郁子はいったん家に戻った。これだけのことをしたのだから、もはや離縁されるに違いないと思った。そうなったら、再び、ロシアに行ってアンドレーエフと結婚しよう、と郁子は考えていた。

何もかも自分の思い通りになると思っていた。そうなって何が悪いのだろう。世界は自覚的な人間のためにあるのではないか。

運命に挑戦し、変革していくことが生きるということなのだ、と郁子は信じるようになっていた。

それで何が悪いのだろう。

自分らしく生き抜くことこそが真実なのではないか。わたしは何も間違ったことはしていない。

郁子は周囲の目に屈せず、昂然としていた。

このころ、郁子の夫の恪三郎はニコライ主教にすがって、

「どうか妻と話して正気に返るよう説いてください」

と頼んだ。

ニコライ主教はやむなく郁子に会って、家庭のある身で若い男に走る、罪深さ、恐ろしさを説いた。だが、郁子は、

「悪いとはわかっているのです」

と言いながらも決してアンドレーエフと別れるとは口にしなかった。

「わたしは誰よりもあの人が愛おしいのです」

憑かれたような目で言う郁子を前にしてニコライ主教はため息をついて、

「どんな悪魔があなたの心にとりついているのだろうね」

と言った。郁子は頭を振った。

「どんな悪魔もわたしにはとりついておりません」

「そうだろうか。わたしには悪魔のしっぽと翼が見える気がする。そうだね、その悪魔の名は虚栄心だよ」

「虚栄心――」

郁子は眉を曇らせた。ニコライ主教はさらに言葉を続けた。

「そうだ。あなたにとりついている悪魔は自分は若い男に愛されていると思いたい虚栄心だよ。思えばコンデ夫人もそんな虚栄心にとりつかれていた。コンデ夫人が自殺未遂事件を起こしたのも、そんな虚栄心から自分自身を愛のために死ぬ悲劇の女主人公にし

たかったからなのだよ」

　ニコライ主教は澄んだ灰色の目で郁子を見つめた。

「違います。なぜ、そんなことを思われるのでしょうか」

　言い切った郁子は微笑んだ。

　ニコライ主教はロシアから戻ったアンドレーエフも説得しようとした。

　アンドレーエフはニコライ主教の言葉に素直に耳をかたむけたが、

　——彼女と別れなさい
　という言いつけには、激しく頭を振った。

「駄目です。わたしは彼女を愛しているのです。ロシアに連れていって、結婚します」

　熱にうかされたようにアンドレーエフは言い募った。

　郁子の夫、瀬沼恪三郎もまた、アンドレーエフに会いに行った。

「五人の子供たちにとって母親は必要なのです」

　恪三郎の説得にアンドレーエフは苦しそうな顔になった。それでも、郁子と別れるとは言わない。なおも恪三郎が説得を続けると、アンドレーエフは、

「わたしは彼女を愛しているのです。捨てることはできません」

　と弱々しい声で言った。さらに、言葉を続ける。

「彼女はわたしが酒に溺れるのを止めてくれるのです。別れるわけにはいかないじゃあ

りませんか」

捨て鉢な言葉に驚いて恪三郎はアンドレーエフを見つめた。

美青年だったアンドレーエフはやつれて頰がこけ、無精ひげさえ生やしていた。しかも、酒臭い匂いがする。

「君は酒を飲むのですか」

恪三郎が訊くと、アンドレーエフは笑った。

「この二日間、飲みっぱなしですよ。でも、それがどうしたと言うんですか。彼女のこととは関係ありませんよ」

「だが、君は苦しんでいる」

恪三郎は恐ろしいものを見るようにアンドレーエフを見つめた。アンドレーエフは酔っているのか、にこりと笑った。

「そうです。わたしは苦しんでいる。彼女も苦しんでいる。そして、あなたもです――」

アンドレーエフは恪三郎を見つめて、突然、泣き出した。

「わたしも彼女も、地獄へ落ちるのです」

アンドレーエフは肩を震わせて涙を流し続けた。

七

明治四十三年十月九日――

大森駅の近くの線路上でアンドレーエフが貨物列車にはねられるという事件が起きた。

アンドレーエフはいつものように酒を飲み、酔っていた。

このころ、アンドレーエフは郁子と同居していた。この日、アンドレーエフは訪ねてきた某教授と話していたが、しだいに口喧嘩になった。

某教授が怒って帰った後、アンドレーエフは、

「わたしは死にます」

と言い残して家を出ると鉄道の線路に入り込み、走ってくる列車の前に両手を広げて立ちはだかった。列車の機関士が気づいて急停車させたため、アンドレーエフははねられて頭などに怪我を負っただけだった。

実はこのころ、郁子はアンドレーエフの子を産んでいた。女の子で文代子（ふよこ）と名づけられていた。

いまだ恪三郎との間で離婚が成立していない郁子との間に子を生（な）したことが、アンドレーエフを苦しめていたのかもしれない。

アンドレーエフは年が明けた明治四十四年二月にロシアへと帰った。郁子はアンドレーエフを追って、文代子を背負い、同年四月にはロシアへと渡った。敦賀港からロシア汽船ペンザ号に乗ったときのことを後に郁子は書き残している。

――丸窓より大海原を見送りつゝ自分は叫んだ。いざさらば余が日本よ！　いざさらばわが故郷（しま）よ！　さらば。さらば。と、次第に遠ざかる港の山々をながめて、覚えず涙に噎（むせ）びて了つた。

（瀬沼夏葉『東京より聖彼得堡（サンクトペテルブルグ）まで』）

◇

このころ、成功したりょうの中村屋には、

荻原碌山（おぎわらろくざん）
中村彝（なかむらつね）
鶴田吾郎（つるたごろう）
中原悌二郎（なかはらていじろう）

といった若き美術家や文学者が出入りしてサロンを形成するようになっていた。

りょうは、そんな若い芸術家たちを応援し、時には相談相手になり、あるいはパトロンとなった。

いつしか、りょうは新宿中村屋のサロンの女王、

――相馬黒光

として知られるようになっていた。そんなりょうの耳に郁子が子まで生したロシア人男性を追って、海を越え、ロシアに渡ったという話が伝わってきた。

（あのひとが、とうとう思い切ったことをしてしまった）

結婚は何かを得るためのものだと言っていた郁子が、すべてを捨て男のもとへ走ったのだと聞いて、りょうは羨ましさよりも自らを戒める気持を抱いた。

愛情に溺れてはいけない。

それは一時のことなのだ。決して、永遠ではない。人生で自分がつかんだものを手放すような真似は決してしない。

前の年、サロンの中心だった彫刻家の荻原守衛（もりえ）（碌山）が中村屋の居間で血を吐いて死んでいた。

守衛の心の中に何があったか。それは、りょうだけが知っていた。だからこそ、見てはいけない。愛情に溺れてはならない、と思っていた。

りょうは胸の中でかつて星野天知から教えられた和歌を詠じた。

――恨みわびほさぬ袖だにあるものを恋に朽ちなむ名こそ惜しけれ

この歌の通りだ、とりょうは思った。ロシア文学の翻訳者として名をあげた郁子が愛のためにロシアまで奔(はし)った。恋に朽ちなむ名こそ惜しけれ、ではないか。いや、それは、郁子に投げかける言葉ではなかった。

りょうが自分自身を戒める言葉だった。しかし、それだけに、なぜかせつなく胸に響く言葉でもあった。

◇

ロシアに渡った郁子は、ペテルブルグのネフスキイ通りで日本の白粉(おしろい)や香水を売る店に勤めたほか、新聞に日本語教授の広告を出して生徒を集めた。

だが、アンドレーエフと結婚するという夢はかなわず、この年、十一月には文代子を抱いて日本に戻ってきた。日本での居場所は瀬沼家しかなく、大正四年(一九一五)二月に心臓発作で亡くなるまでひっそりと暮らした。享年三十九だった。

それでも帰国した郁子は平塚雷鳥(ひらつからいちょう)が主宰する『青鞜(せいとう)』の賛助会員となって、チェーホフの『叔父ワーニャ』『桜の園』『イワノフ』などの戯曲を訳した原稿を送った。

雷鳥は一度だけ会った郁子の印象を、

――瀬沼さんは、つつましく、いかにも怜悧な婦人といったふうで、席にいるみんなに好感を与えたようです。

と書いている。それが、

――瀬沼夏葉
としての最後の姿だったのかもしれない。

第七章　愛のごとく

一

りょうの夫、相馬愛蔵は穂高の旧家の若当主でもあった。

このため、地元では愛蔵のもとに多くの若者が集まった。その中のひとりが、

——荻原守衛
だった。りょうが嫁して間もないころ、守衛は相馬家によく遊びに来て、

——守衛さ
と呼ばれていた。守衛は幼いころから病弱で、大好きな読書や絵を描くことで過ごしていた。守衛は十七歳のとき相馬家を訪れて、色白ですずしい目をした三歳年上の女性と出会った。愛蔵に嫁してきたりょうだった。

りょうは東京の女学校を卒業し、文学や芸術の素養が豊かだということだった。守衛が相馬家を訪れると、りょうは、よく、

「守衛さ——」

と声をかけてくれた。東京から来た若い女性がまぶしく、守衛は胸が高鳴った。そし

て、守衛は相馬家の洋間に飾られた一枚の絵と出会った。

りょうが持参した長尾杢太郎（ながおもくたろう）作の「亀戸風景」だった。荒川河畔に牛が佇む様子が描かれている。ただの風景画なのだが、日本画に比べて異様なまでの迫真力があった。

守衛は油絵を初めて見ただけに衝撃を受けた。絵を見つめながら、りょうに、

「こんな絵は初めて見ました」

と言った。りょうは微笑んだ。

「そうでしょう。世界には、まだ守衛さが見たことのない絵がいっぱいあるのよ」

新妻の匂うような瑞々（みずみず）しさをたたえたりょうからは、ほのかに良い香がした。守衛は思わず顔をあからめて頭をごしごしかいた。

「どうしたの」

りょうに笑いながら問いかけられて守衛は思わず、

「わたしはこんな絵を世界で見てきたいと思います」

と口走ってしまった。嘘ではなかった。守衛はこのとき、芸術家になりたいという志望を胸に抱いた。しかし、それだけではなかった。

かたわらに立つ、三歳年上のりょうを姉のように慕う気持が湧いていた。

いや、姉ではない。芳醇な女性として見ていたのだったが、そのことは守衛自身も気づかなかった。

明治三十二年（一八九九）、十九歳になった守衛は、東京で絵を学ぼう、とりょうの紹介で明治女学校校長の巌本善治を頼って上京した。

明治女学校内の深山軒に仮寓して、小山正太郎（こやましょうたろう）の不同舎に学び、二年後には渡米してニューヨークの美術学校に入った。

さらにフランスに渡ってアカデミー・ジュリアンでローランスなどに師事したが、あるとき、サロンでロダンの「考える人」を見て感動したことが守衛の運命を変えた。

この彫刻は、ダンテの『神曲』に着想を得て製作した「地獄の門」の一部である。当初は、

――Le Poète（詩人）

と名づけられていた。「考える人」と名づけたのは、ロダンの没後にこの作品を鋳造した鋳造職人のリュディエだという。

ロダンが作ろうとしたのは、詩想を練っている男なのだ。地獄の門の上で思索するダンテ、あるいはロダン本人を表したとも言われている。

ロダンの作品は醜のなかに美を見出す美学が特徴であり、それを量塊によって圧倒的な迫力をもって表現する。それは表面的な美しさではなく、苦悶し、慟哭（どうこく）する人間のぎりぎりの姿を表すことで、その真実に迫ろうとするものだった。

守衛はロダンの作品に衝撃を受け、

「人間を描くとはただその姿を写し取ることではなく、魂そのものを描くこと」と気づいた。そして守衛は画家となる道を断念して彫刻家への道を歩み始めたのである。

明治四十一年、二十八歳になった守衛は帰国し、新宿西口にアトリエを構えた。

このころ、りょうは新宿中村屋で懸命に働き、ようやく落ち着いていた。守衛が中村屋を訪れると、りょうは、

「守衛さは、立派になった」

と目を輝かせて歓迎した。りょうは中村屋を開いて成功した自信のためか、以前よりも芳醇な美しさを増したように守衛は思えた。

守衛はフランスに渡りロダンの芸術に接して彫刻家に転身したことを話した。りょうは嬉しげにうなずいて、

「ロダンというひとは偉大な芸術家だそうですね」

と言った。

「はい、その通りです」

守衛は師を誇る気持もあって、きっぱりと答えた。だが、そのとき、胸中にわずかな翳りが差した。守衛は新宿に来る前に穂高にいったん戻って帰国の挨拶まわりをした。そのとき、実家の家業である養蚕の季節を迎えて手伝うため郷里に戻っていた愛蔵と出

会った。

　愛蔵は実家でくつろいでいたが、かたわらに若い女がいた。誰だろうと思ったが、愛蔵は女を紹介しようとはしなかった。それでも女は甲斐甲斐しく愛蔵の身の回りの世話をしているようだ。守衛は嫌な感じがした。女は愛蔵が郷里で囲っている妾のようだった。

　それとなく守衛は、りょうはこのことを知っているのか、と愛蔵に尋ねた。愛蔵はにこりと笑って、

「知っているわけがないじゃないか。知られないのが男の器量というものだよ」

　と中年に差し掛かった男らしいふてぶてしさで言った。愛蔵にしてみれば郷里にいる間の、それも同棲はしておらず、通いだけのことで、東京に戻れば忘れるつもりのようだった。しかし、そのことが守衛には不潔に思えて許せなかった。守衛はいつごろからか、りょうをシスターと呼んでいる。このときも、

「シスターはいま、東京で一生懸命、働いているのでしょう」

　と愛蔵をたしなめるつもりで言った。愛蔵はゆったりとうなずいて、

「りょうは働くのが好きだからな」

　とのんびりした返事をした。

　守衛は憤って相馬家を辞し、東京へ戻ってきたのだ。りょうと話していて、愛蔵のこ

とを言おうかどうしようか、と守衛は迷った。すると、りょうは守衛の心中を察したのか、

「穂高のひとのことでしょう」

と言った。

「知っているのですか」

守衛は目を瞠った。そして、思わず、

「愛蔵さんはつまらん女と睦んで――」

と口走った。りょうは笑った。

「ああ、やっぱりそうなんですね」

守衛はぎょっとした。りょうは疑いを持ってはいても、どこまで事実なのかを知らなかったのかもしれない。

「シスター」

守衛が口ごもると、りょうは目の光を強くして、

「いいんです。そろそろ決着をつけなきゃと思っていましたから」

とつぶやくと、さらに、明日には穂高に行きます、と言い添えた。

守衛は大きくため息をついて、

「愛蔵さんはロダン先生と同じかもしれない」

て話した。

「ロダン先生と同じとはどういうことでしょう」

りょうは首をかしげた。守衛は少し迷ったが、フランスで知ったロダンの秘密について話した。

と独りごちた。

◇

パリのアカデミー・ジュリアンに学んだ守衛は、校内コンクールでグランプリを獲得する実力を身につけた。

そしてある日、ロダンのアトリエを訪れ、親しく教えを乞うことができた。緊張してロダンのアトリエに入った守衛は憧れのロダンを前に足が震えた。

このとき、ロダンは六十六歳。がっちりとした体格で眼光鋭かった。守衛は気圧されるものを感じた。

それでもロダンは日本人の彫刻家を鷹揚に迎え、アトリエの作品を示しながら、彫刻がどのような芸術なのかを語った。

一言半句も聞き漏らすまいとしていた守衛は、ふと片隅の台に置かれた彫刻に目が行った。

三人の人物像だった。ひとりは老いた女であり、老いた男を誘い、どこかに連れていこうとしている。その男にすがるようにして若い女が跪いて、手を差し伸べ、行かないでくれと懇願するかのような哀切な表情を浮かべている。守衛が思わずさわろうとすると、ロダンが雷のような声を発した。
——Ne touchez pas（さわるな）
守衛はびくりとして手を引くと、
——Je vous prie de m'excuser（すみません）
と謝った。ロダンの剣幕に震えあがり、額から汗が噴き出た。
ロダンは近づいてくると、守衛が見ていた彫刻のかたわらに置いてあった灰色の布をかけた。そして目を閉じ、この彫刻の若い女をどう思うか、と訊いた。
——Je me sentais tellement désolée（かわいそうだと思った）
守衛がおどおどと答えると、ロダンは天井を振り仰いで笑った。
そうだ、その通りだ、と言った後、ロダンは、いとしげに、
——Camille Claudel（カミーユ・クローデル）
と人の名をつぶやいた。そして守衛に向かって手を振り、今日はもう帰ってくれと合図した。守衛はロダンの機嫌を損じたのではないか、とおびえつつアトリエを後にした。
そしてアカデミー・ジュリアンに戻ると古参の教師のひとりに、

「カミーユ・クローデルとは誰なのですか」

とロダンが口にした名について訊いた。すると、銀髪で青い目をした痩せた教師は、

「どうしてそんなことを訊くのだ」

と訝しげに言った。守衛はロダンのアトリエで、女ふたりが老いた男を奪い合うかのような彫刻を見たことを話した。

教師はため息をついた。

「『分別盛り』だ。どうしてあれがまだロダンのもとにあるのだろう」

首をかしげる教師に守衛は、カミーユ・クローデルとは誰なのですか、と訊いた。

教師は少し黙ってから、

「ロダンの弟子であり、愛人だった女だ」

と告げた。教師に言われて、守衛はアトリエで見た彫刻を思い出した。ロダンの作品のような力強さはないかわりに、繊細な感情のひだがあふれるように表現されていた。

カミーユという女弟子がロダンの愛人だったとすれば、連れ去られようとしている老いた男はロダンであり、連れ去る老いた女はロダンの妻なのだろう。

老いた男にすがろうとしている若い女がカミーユ自身なのだ。そう思うと、女の表情に浮かぶ悲しみが憐れだった。

「ロダン先生は、カミーユという女弟子を見捨てられたのですか」

守衛が訊くと、教師はゆっくりとカミーユ・クローデルについて話した。

カミーユはフランスのエーヌ県生まれで子供のころから彫刻に親しみ、パリで美術学校に通いながら彫刻家を志した。カミーユは才能豊かであり、しかも抜きんでて美貌だった。やがて、アトリエに指導に来ていたロダンの目に留まった。

カミーユにとってロダンは尊敬する師であり、ロダンにとってカミーユは若さと美貌、さらにきらびやかな才能を持った魅力的な女性だった。

しばらくたつと、ロダンとカミーユの関係は深まった。ロダンはカミーユに、

「君に会えなくてつらい」

という手紙を何通も書いた。やがてふたりが師匠と弟子の関係ではなく男女の間柄になると、カミーユはロダンのアトリエに通って製作を手伝った。カミーユ自身もロダンの指導のもと作品に取り組んだ。

ふたりの関係は愛し合い、たがいを高め合う理想的なものに思えた。だが、ロダンにはもうひとりの女性がいた。

無名のロダンを支えロダンの子供を産んだ内妻のローズだった。結婚こそしていなかったが実質的なロダンの妻であった。ロダンはカミーユとの恋愛を深めながら、ローズとは別れなかった。

ロダンとカミーユとの関係は十五年にわたって続いた。この間、ローズはひたすら夫

の帰りを待ってロダンの浮気に耐えた。しかし、ロダンとカミーユの間には彫刻という、ローズにうかがい知ることができない芸術があった。時にそのことが、ローズを嫉妬に狂わせた。ローズは押しかけてカミーユを面罵（めんば）し、さらにつかみ合いの喧嘩にまでなった。

ロダンはこのことに閉口した。やがて永年連れ添ったローズをなだめようとした。そのためローズのもとに帰ったのである。

カミーユはロダンが去ったことに衝撃を受けた。ロダンはローズをなだめたうえで、カミーユのところに戻るつもりだったかもしれない。しかし、ローズは昼夜を分かたずロダンを責め立て、子供をどうするのかと詰め寄った。

ロダンはくたびれ果ててついにローズに屈服した。

カミーユのもとには戻らなかった。

二

「それでカミーユという女のひとはどうなったのですか」

りょうは眉をひそめて訊いた。

「わかりません。ロダン先生のもとを離れ、彫刻家として自立しようとしたようですが、ロダン先生の庇護が無くなると世間はつめたく、思うに任せないまま、ロダン先生が自分の成功を妨害しているとカミーユは思い込んで心を病んだそうです」

守衛は痛ましげに言った。いまのりょうの立場はロダンの妻、ローズと同じかもしれない、と守衛は思った。だとすると、愛蔵は帰ってくるかもしれないが、真の愛情は失われたままではないのか。

カミーユは愛をめぐる争いに敗北し、精神を病んだかもしれないが、ローズもまた大きなものを無くした孤独の内にいるように思える。

(何ということだろう。男と女はこれほどまでに傷つけ合わねばならないのだろうか)

守衛は大きく吐息をついた。

しかし、りょうが訊いたのは意外なことだった。

「それで、カミーユというひとが作った彫刻を守衛さは見たんですか」

「はい、ロダン先生のアトリエで『分別盛り』という作品を見ました。老いた女と若い女が男を争う哀切な作品でした」

「美しい彫刻でしたか」

「感動を与える彫刻でした。わたしもあんな作品をいつか作りたいと思いました」

「では作ってください。わたしをモデルにして」

りょうはじっと守衛を見つめた。

「シスターをですか」

守衛は驚いた。

「ですが、彫刻の裸婦像のモデルは裸になってもらわねばなりません」

「それは、モデルの仕事をしている女のひとに頼んでください。わたしは守衛さんにわたしの魂を表してもらいたいのです」

りょうの目の光が強くなった。

「シスターの魂ですか」

「はい、わたしはカミーユというひとが作った彫刻の、夫を奪い返そうとする年老いた女なのか、それとも去っていく男にすがろうとする女なのか。わたしの魂を守衛さんに表してもらいたいのです」

守衛はりょうの言葉に困惑した。

りょうの魂を知るためには、りょうのすべてを知らねばならない。それはりょうに恋することにほかならない。だが、人妻であるりょうを恋することは身の破滅だ。何よりも自分にそんなことを許すことはできないのだ。

「わたしにはできません」

守衛がうなだれて言うと、りょうはがっかりしたように、そうですか、とつぶやいた。

翌日、りょうは穂高に出かけた。

そして何事もなかったかのように、愛蔵と帰京した。りょうはそれから、中村屋で以前と変わらず、忙しく立ち働いたが、どこか寂しげな様子だった。

◇

カミーユ・クローデルにはさらに悲惨な運命が待っていた。

四十八歳の時、家族によってパリ郊外のヌイイ＝シュル＝マルヌにあるヴィル・エヴラール病院に入れられた。

その後、三十年余にわたって孤独な生活を送った。

見舞いに訪れるのは、四歳下の弟で外交官であり、詩人でもあったポール・クローデルだけだった。

カミーユは毎朝、病院内の礼拝堂で祈りをささげた。

孤独の世界に閉じこもり、誰とも話さなかった。

ポールは『わが姉カミーユ』という著書で、

——あの美しく誇り高い女がこんなふうに自分を描いている。嘆願し、屈辱を受け、ひざまずき、裸で！　全ては終わった！　彼女は私たちの前に、こんな姿で永遠にさらされているのだ！

と書いた。カミーユは第二次世界大戦中の一九四三年、家族に看取られることもなくこの世を去った。七十八歳だった。

一方、ロダンは一九一七年、死期が迫っていたローズと結婚した。結婚から十六日後にローズは亡くなった。

さらに九カ月後にロダンも亡くなった。七十七歳だった。

ロダンは彫刻家としての名声に包まれてこの世を去った。だが、最期に語ったのは、

「パリに残してきた若い妻に逢いたい」

だったという。その言葉が、孤独の淵に沈んでいるカミーユに届くことはついになかった。

三

愛蔵は後ろめたい思いからか、このころから中村屋の若い芸術家を集めては励まし、交流するサロンを作っていった。

りょうは芸術家たちが集まることを喜び、しだいに元気になっていた。

中村屋のサロンを訪れるようになったのは、

中村彝
木下尚江
中原悌二郎
鶴田吾郎
松井須磨子
秋田雨雀
中村不折
高村光太郎

などだった。中でも、帰国後、

――碌山

と号した守衛はサロンの中心人物のひとりだった。さらに後には盲目のロシア詩人、ワシリー・エロシェンコも中村屋を訪れるのである。

このころ守衛は午前中、アトリエにこもって製作に励み、午後になると中村屋に行って半日を過ごした。りょうは親しみを込めて、

「守衛さ、いまは何を作っているの」

と訊いた。守衛は少しためらった後、

「文覚です」

と答えた。

「文覚？」

りょうは目を丸くした。

文覚は平安末期から鎌倉初期の僧侶である。かつては遠藤盛遠という摂津渡辺党の武士だった。

上西門院に仕えていたが、同僚の源渡の妻袈裟に恋慕し、夫の源渡を殺して袈裟を我が物にしようとした。ところが誤って袈裟を殺してしまった。これを悔いて出家し、諸国の霊場を遍歴、袈裟の冥福を祈りつつ修行したと伝えられた。

守衛はロダンのような彫刻を作るにあたって、まず鎌倉時代の筋骨たくましい仁王像などを思い描いたのかもしれない。

それにしても、人妻を恋した文覚を彫刻にするのは、なぜなのだろう、とりょうは思いつつ、胸が高鳴るのを感じた。

夫に愛人ができて以来、りょうの心はどこか荒んでいた。その心に守衛はそっとうるおいを与えてくれる気がしていた。

それは恋なのだろうか。

守衛の恋ではあるかもしれない。しかし、わたしの恋ではない、とりょうは思っていた。明治女学校にいたころ、女たちが恋によって身を亡ぼし、苦しむのを見てきた。そんな道は歩みたくなかった。

商売に勤しめば心は満たされた。

（恋などしなくてもわたしは生きていける）

りょうはそう思っていた。だが、夫の心が離れたと思うときのこの寂しさは何なのだろう。愛されてはいないと感じることは、心のどこかを常に針で刺されているようなものだ。知らず知らずのうちに、体の中に涙がたまり、やがて一度に噴き出すのではないかと思うと恐ろしかった。

（わたしもカミーユの彫刻と同じように男にすがろうとするのだろうか）

それは嫌だ、と思った。

男にすがる女はいずれ自分を見失うに違いない。それほどまでして男をつなぎとめてどうするというのだ。

わたしは愛されなくともいいのだ。

りょうは自分にそう言い聞かせた。しかし、そう思い定めようとするほど、身の内から寂しさが噴き出してくるのをどうしようもない。

そんなとき、りょうは、

――守衛さ

に話しかけてしまう。

守衛は姉思いの弟のようにりょうを気遣い、愛蔵の浮気に憤激してくれる。

（わたしは守衛さに甘えている）

りょうはそう思いつつ、守衛に恋はしていないのだ、と何度も自分に言い聞かせた。

それだけが支えだった。


このころ守衛は毎日中村屋に通うようになっていた。

愛蔵が不在だと、りょうの仕事を手伝い、茶の間で子供たちと遊んでやった。父親がいない家で父親の替わりを務めた。

自分の心が日に日にりょうに寄り添っていくのがわかった。しかし、同時に、りょうが意志が強く、決して自分を崩さない女だということもわかっていた。

りょうは文覚にとっての袈裟のように決して自分のものになることはない。そのことはわかっていた。だからこそ、彫刻で文覚の慟哭を表そうとしていた。

だが、りょうへの思いが深くなるにつれて苦しくなった。守衛は親友の高村光太郎への手紙で、

――我心に病を得て甚だ重し

と書いた。守衛はやがて「文覚」を完成させた。「文覚」は第二回文展で入選し高い評価を受けた。守衛はさらに、「デスペア」、「北條虎吉像」などを製作、旺盛に創作活動を行っていった。

りょうはそんな守衛をそばで見ていると、いつか自分をモデルとした彫刻を作ってくれるのではないか、という思いが募ってきた。もし、守衛がりょうの魂を彫刻で表すことができたとしたら、それはふたりにとって恋の成就ではないのか。

そう思った。しかし、それは体の交わりもなく、心だけで結び合おうとする臆病で身勝手な保身の恋なのかもしれない。

ではどうしたら、いいのか。

りょうは生まれて初めて自分の心が思い通りにならず、彷徨（さまよ）うのを感じた。

明治四十二年の暮れ、守衛はひとつの作品に取り組んだ。

その内容は誰にも告げなかった。

アトリエにこもり、製作に没頭した。

厳寒の季節だった。

塑像を作る粘土は放っておけば凍結してしまう。守衛は製作のため、粘土を毛布で覆い、さらに自分の着物までかけた。

下着だけになった守衛は底冷えするアトリエで震えながら、粘土と格闘した。顔は青ざめ目はつり上がり、鬼気迫る形相だった。


明治四十三年三月——

守衛はアトリエにりょうを子供たちとともに呼んだ。やせ衰えた守衛はそれでも満足そうに、彫刻にかけていた布を取り去った。

「女という題の作品です」

かすれた声で守衛は言った。

両腕を後手に組み、膝を立てて伸びあがり、豊かな乳房の胸を張った裸婦像だった。

子供たちは、像を見るなり、

「母さんだ」

と大声で言った。たしかに裸婦像の顔はりょうにそっくりだった。やや右へ首を傾げ、両眼を閉じてかすかに口を開いて、悩ましげに天を仰いでいる。

(これがわたしなのだろうか)

裸婦像を見たとき、りょうが真っ先に感じたのは恥じらいだった。

守衛は顔だけでなく、胸から腰にかけて、さらに爪先までりょうそっくりに作っていた。

守衛が新しい彫刻のために女性モデルを雇ったという話は聞いていた。だからこの像の体はそのモデルのはずだった。しかし、見れば見るほど、自分だと思えた。

りょうはいつしか、自分が着物を脱いで、守衛のためにモデルになったのではないかという気がしてきた。

そんなはずはない、と思ったが、現実にはなくとも夢の中ではどうだったか。いや、夢を見なくとも、心の内では守衛の前で裸になっていたのではないか。

守衛にはそれが見えたのだ。

そう思いつつ、女の像を眺めた。それはカミーユが描いた、ロダンをめぐるふたりの女の像とは違っていた。

跪いているが、それは屈服しているのではない。むしろ女であることを大地と天に向かって誇示しているのだ。

そして何かを求めている。自らに降り注ぐ慈雨のような、ひとの思いだろう。そのことを疑わず、真っ直ぐに受け止めようとしている。

何者からも、自分からも逃げない女だ。

りょうは守衛を振り向いた。

「これが、わたしの魂ですか」

守衛は答えずに微笑しただけである。

それは愛ではなかったか。


「女」が完成して一カ月後、四月二十日、守衛は中村屋を訪れた。

彫刻のことは何も言わず、居間でサロンに集まった友人たちと談笑していた。

りょうと愛蔵もいた。

この日、守衛は特に機嫌がよく、大声で笑った。友人のひとりが、

「碌山、どうしたのだ。よほどいいことがあったのだな」

と言った。守衛は頰に笑みを浮かべて、

「あったとも」

と答えた。

「ほう、何があったというのだ」

「あるひととの約束が果たせた」

「どんな約束だ」

「それは言えない。だが、とても自分にはできないだろうと思っていた。しかし、何とかやりとげたのだ」

守衛は誇らしげに言った。友人たちはなおも、何があったのだ、としつこく訊いたが

守衛は答えない。ただ、わたしは幸せなのだ、と嘯(うそぶ)いた。

その直後、守衛は口元を手で押さえた。

うめくと同時に、指の間から、血がたらたらと流れた。

りょうが悲鳴を上げた。

「どうした」

「しっかりしろ」

友人たちが騒ぐ中、守衛はかがみこんで咳き込み、さらに苦しむと床にあおむけに倒れた。

ごふっ
ごふっ
守衛の口から血があふれた。

中村屋の居間で突然、喀血(かっけつ)した守衛は、そのまま奥に寝かされ、医師の診察を受けた。だが、医師は黙って顔を横に振るだけだった。

りょうは愛蔵とともに守衛をつきっきりで看病した。守衛が「女」の像の製作に没頭するあまり体を壊したことはわかっていた。

（わたしのせいだ――）

りょうは必死で看病した。だが、守衛の息はしだいに細くなっていくばかりだった。

二日後——

夜が白み始めたころ、守衛はりょうに看取られながら息を引き取った。三十歳だった。

(どうしてこんなことになったのだろう——)

りょうは守衛の遺体に取りすがって慟哭した。


高村光太郎は、後に「荻原守衛」という詩を書いて守衛の死を悼んだ。


粘土の「絶望」はいつまでも出来ない。

「頭がわるいので碌(ろく)なものは出来んよ。」

荻原守衛はもう一度いふ、

「寸分も身動きが出来んよ、追ひつめられたよ。」

四月の夜ふけに肺がやぶけた。
新宿中村屋の奥の壁をまつ赤にして
荻原守衛は血の塊(かたま)りを一升はいた。
彫刻家はさうして死んだ——日本の底で。

守衛の死の直後、悲嘆にくれていたりょうはあることを思い出した。守衛は病床でひそかにりょうに合鍵を渡した。守衛はきれぎれの声で、

「机の鍵です。中にわたしの日記が入っている。それをひとに見られてはいけない」

言い終えると、守衛は気を失った。

そのことを思い出したりょうはアトリエに行った。そして合鍵で守衛の机を開けた。そこには、日記帳があった。

りょうは涙ながらに日記帳を開いた。読み終えて火にくべるためである。読むにつれ、りょうの頰は赤く染まっていった。

四

守衛は日記に様々なことを綴っていた。

意外なことに、りょうの子供たちのことが大半を占めていた。

りょうの長女、俊子は愛蔵の実家がある穂高に預けられていたから、守衛がかわいがったのは、安雄と千香、襄二だった。

子供たちも守衛になついた。守衛がやってくると、すぐに首にしがみついたり、肩に

のったりとまとわりついた。守衛は、

うるさい
うるさい
うるさい子供たちだ

と笑いながら歌うように言った。

千香が病気になって入院すると、守衛は四カ月の間、一日も欠かさず付き添った。次男の襄二が小児結核になると、守衛は周囲が止めるのも聞かずに襄二を抱き続けた。その様は愛情深い父親のものだった。襄二が治療も虚しく亡くなると守衛は涙にくれた。

守衛は何を思っていたのだろうか。日記には子供たちへの愛情と、そして控えめながら若い母親をいとおしむ心がにじみ出ていた。それは妻子を大切に思う若き夫の胸の内ではなかったか。

りょうは日記を読み進むうちに、目に涙があふれた。

子供たちを気遣う記述の端々にりょうの姿が浮かび上がってきた。あるときは、店先で呆然と立ち尽くして夕焼けの空を見ているりょう、別な日は子供たちにせがまれて、童話を読んでやるりょう、そしてまたある日は、愛蔵が外出してなかなか帰って来ないことに苛立ちを見せるりょうだった。

　そんな日のりょうは不意に守衛に話しかける。

「ねえ、守衛さ」

「何ですか、シスター」

　守衛が訊き返すと、りょうはおかしそうに笑った。

「なぜ、わたしをシスターと呼ぶの？」

「修道女みたいだからです」

　守衛は真面目な表情で答える。

「わたし、そんなじゃないですよ」

　りょうは笑った。

「じゃあ、何なんですか」

「ambitious（アンビシャス） girl（ガール）。昔、そう言われた。だからいまもそう」

「girl のまま、woman（ウーマン） にはならないということ。あんなにかわいい子供たちがいるというのに」

「それとこれとは別、わたしは demon（デーモン） に引きずられたくない」

「eros（エロス） の demon、それとも love（ラブ） の」

「どちらも同じこと。わたしはわたし以外の何かに引きずられて生きるのはとても厭なの。自分のことは自分で決める」

りょうはきっぱりと言った。

「でも、自分で決められないことがある」

「何なの？」

「husband（ハズバンド）の心——」

「そんなものは——」

言いかけてりょうは口をつぐんだ。自分の心はどうにでもなる。しかし、ひとの心はそうではない。夫の愛蔵の心はたったいまもどこかの女に彷徨っているかもしれないではないか。

「守衛さは、意地悪ね」

「そんなことはない。わたしはシスターのことを——」

「どう思っているの」

「言えません」

守衛は笑った。

りょうは守衛を見据えた。

「荻原碌山、なぜ言えない。あなたが言えば、わたしは変わるかもしれない。そうは思いませんか」

「思わない」

守衛はきっぱりと言った。

「どうして――」

りょうは泣きそうになった。この場で守衛の胸に顔を埋めたかった。しかし、守衛はへたくそな歌を歌った。

与平可愛いやおふみに惚れて
秋のサロンに撥ねられた

何の歌なのだろう。りょうへの狂おしいほどの思いを歌ったのか。それとも、りょうに恋して芸術を成就させられない自分を嘆いたのか。

りょうはページを繰って守衛の日記を読み進む。子供たちへの思いや、りょうとの会話の一部始終から、しだいに独白へと変わっていく。

嗚呼、どうしたことだろう。

女！

女！

そんなものが何になる。わたしに何かを与えるか。たとえば快楽を、たとえば安らぎを。

そんなものはありゃしない。

あるのは、飢餓とひりつくような喉の渇きだ。

女は海の水だ。

喉の渇きに耐えかねて、飲めば喉を焼いて苦しめる。飲まなければよかったのだ。出会わなければよかったのだ。

いや、むしろ出会った瞬間に殺してしまえばよかった。しかし、そんなことができるか。あの白い肌、すずしい瞳、そして体の何とも言えない、

——曲線
がある。あの曲線は何なのだろう。たしかにどこかにつながっている線に違いない。

天国へか、地獄へか。

どちらとも言えない。ただ、見なければよかった。ふれなければよかった。しとしとと、じめじめとした曲線じゃないか。

そんなものは知らぬ顔をしておればよかった。ロダン先生の男性的な力強い彫刻を思

い出せ。不断の意志が形作る、絶え間ない前進だ。

安楽を求めるな。

女はそれだ。

つまるところ、男を待ち受け、奈落の底の深くつめたい、心も凍るような陥穽(かんせい)に引きずり込む。女に関わると何もできなくなる。

芸術も事業も、戦争だってそうだ。

何もできない、虚無だ。しかし、その虚無をわたしは、

――美
と呼んでしまう。

なぜなのかはわからない。

日記のページのところどころは血で汚れていた。守衛は突然喀血したのではないのだ。これまでも誰も見ていないところで血を吐き、りょうへの思いを書き綴ってきたのだろう。

りょうは日記を読み終えると、部屋の中の石炭ストーブに火を点(とも)した。火かき棒で石炭をがらがらとかき回した。

石炭がしだいに赤く染まってくる。

守衛の胸にあった恋の思いのような灼熱(しゃくねつ)の色だ、とりょうは思った。りょうは日記のページを破っては火にくべた。

炎があがる。

まるで守衛の心のようだ。

真っ赤で、純粋で、しかし、ひとがさわれば、その手を焼くだろう。りょうはページを破る手に鋭い痛みを感じた。

守衛とは肉体のことは何もなかった。しかし、本当にそうだろうか。

男と女は一瞥するだけで魂が交わるのではないか。そのとき体の隅々までが相手を感じて、潤い、濡れ、さらに熱くなるのではないか。

りょうは最後の一ページをストーブに入れた。自分で胸を抱きしめた。

ひどく寒かった。

震えた。

また、涙が頰を伝った。

(わたしは悪い女なのだろうか)

りょうは胸の中でつぶやいた。そうかもしれない。だが、そうではなかったから、悲しいのではないか。

涙はなおも流れ続ける。

かたわらに守衛の傑作、

——女

の石膏が、守衛の手つきを生々しく残したまま彫刻台のうえに置かれていた。

りょうは涙に塗れた目で「女」を見つめた。弱々しい女ではない。高い処をめざして束縛から逃れようとしている。しかし、肢体は地上から離れることができない。手を後ろにまわして悶えるかのようだ。

（これは、わたしだ——）

りょうはあらためて思った。

守衛は女であるりょうを解き放つかのように彫刻にしてくれた。生身のりょうは、なおも世間のしがらみの中を生きているが、彫刻の中のりょうははるかに自由だ。

自らの気持、本能のままに、苦しみ、悩み、そしてそれはいつか、歓喜にいたるのではないか。

りょうは彫刻に一歩近づいた。

胸の奥から、何かが噴き出てくる。いや、体の芯から、熱いものが迸るのだ。それを止めることは誰にもできない。

守衛は知っていたのだ。

りょうが、どのような女なのか。だからこそ、自らの命をかけて、りょうを解き放った。

それは愛のごときものである。

五

守衛の死後、りょうはひとびとの冷たい目に晒(さら)された。

守衛の日記を焼いたからである。

「何か都合の悪いことが書いてあったに違いない」

「相馬黒光は純情な荻原碌山の心をもてあそんだのだ」

「心だけではなかろう。裸婦像の『女』のモデルは黒光らしい。人妻の身でありながら、碌山の前で黒光は一糸まとわぬ裸身を晒したのだ」

「何もなかったわけがない」

「それにしても碌山はかわいそうだ」

守衛への同情の声がそのままりょうへの非難へ変わった。

りょうは毅然として背筋を伸ばしていたが、やがて病んだ。病床に臥し、このころのことを自伝の『黙移』で、

——私の煩悶はその絶頂に達しました。

と書いた。

しかし、りょうはまた、立ち上がるのだ。

守衛を亡くしたこの年、中村屋の月ごとの売り上げは三千円、使用人は二十三人でかつてない繁盛を遂げた。

りょうは哀しみを乗り越えて生きる業を背負っているかのようだった。

守衛の死から二年が過ぎた。

明治天皇が崩御し、時代は大正へと変わったころ、中村屋に新たな顔ぶれが加わった。

ひとりはりょうの長女、俊子である。

俊子は穂高の実家に預けられ、義務教育を終えて上京したのだ。りょうは俊子を東京の女学校の寄宿舎に入れた。

もうひとりは、洋画家の中村彝だった。水戸藩士の血筋だという彝は二十代前半で文展で三等賞をとり、前途洋々だという評判だった。

中村屋にアトリエを借り、製作に勤しむようになった彝は胸を病んでおり、日ごろはい募った。

弱々しかったが、芸術の話になると雄弁で、りょうをカアさんと呼んで自らの意見を言
そんな時、彝は頬を上気させ、目を輝かせて、りょうに議論を挑み、しまいには膝と
膝がぶつかるほどに体を寄せてきた。

そのことにはっと気づいた彝は、

「カアさんは残忍だ」

と吐き捨てるように言った。

「餌を見せびらかして、男をつり寄せるが、囲いがあって一歩も中に入れさせない。カアさんほどの悪党はいないよ。きっと——」

荻原守衛も同じ手でやられたんだ、と彝は言いかけたが、さすがにそれ以上は口にしなかった。

（それは、違う、違うのよ）

りょうは胸の中でつぶやいた。何が違うのか、男をつり寄せたりはしないということか、それとも守衛と彝は違うということなのか。

どちらにしても、彝の目には妖しい光があった。それはかつて守衛が見せたことのなかった目の色だった。

大正二年（一九一三）になった。

十五歳になった俊子に彝は声をかけた。

「絵のモデルになってくれないか」

当然、裸婦像である。モデルは着物を脱いで裸になる。少女にとっては恥ずかしさでためらうことだった。

しかし、俊子は何を思ったのか、微笑を浮かべて、

――はい
と答えた。俊子が何を考えたのか、よくわからない。ただ、何かに向かって、自分を飛翔（ひしょう）させたかったのかもしれない。

それはどこかで母であるりょうを超えることにつながると思ったのではないか。

彝は俊子を全裸にしてソファに座らせた。

描き上げた「少女裸像」は大正三年三月の東京大正博覧会美術展覧会に出品され、評判になった。

密室に少女と籠って描いた絵である。りょうだけでなく、愛蔵も眉をひそめた。相馬夫婦に疎んじられていると思った彝は不意に中村屋を飛び出した。

彝の胸にあるのが、りょうへの思いなのか、俊子への熱情なのか、彝自身にもわからなかった。

彝は「美しい女」という詩を書いている。

あ、なぜ、自分は
美しい女を見ると
陰気になるのだらう?
なぜ
気高い山を見ると
悲しくなるのだらう?
その美を支へるだけの力が
自分に無いからだらうか?
いくら求めても、求めても
望みの遂げがたきを
思ふからだらうか?

彝は出奔して伊豆大島で絵を描き、やがてまた中村屋に顔を出すようになった。そしてある日、突然、封書で愛蔵とりょうに、
「どうか俊子さんと結婚させてください」

と訴えた。りょうは憤りを覚えた。彝は自分の気持に浸っているだけで、そこから少しも出ようとはしない。

(俊子のことを何も考えてはいない)

そう思った。

俊子はすでに十七歳になっていた。このころ、俊子はりょうに、彝から家を出て一緒に暮らそうと誘われているのだ、と泣きながら打ち明けた。

「それは、あなたの気持しだいですね」

りょうが言うと、俊子はきっぱり答えた。

「もちろん、家を出たりはしませんわ」

「それなら泣くことはありません」

りょうは俊子をいったんひとに預けて、その間に彝に諦めさせようと思った。だが、同時に、俊子の心はどこにあるのだろう、と訝しくも思った。

若い娘が男の前で裸になったときの心はどのようなものなのか。りょうは泣き濡れた俊子の顔にどことなく不穏で大胆なものを感じた。

それは、かつてりょうが明治女学校で会った何人もの女学生たちが持っていたものでもあった。

俊子はこのままではおさまらないだろう。新たな危険な蜜を求めて蝶のように羽ばたくのではないか。
りょうはまじまじと俊子を見つめた。

六

中村彝は中村屋のサロンに出入りしていた時期、あるロシア人詩人の肖像画を描いた。
——ワシリー・エロシェンコ
である。エロシェンコは四歳のときに病気のため失明した。九歳でモスクワの盲学校に入ったが、周囲になじめないまま、感受性が豊かで言葉の感覚を研ぎすました少年になっていった。
エロシェンコはイギリスのロンドン王立盲人音楽師範学校に入学したが、ここでもまわりと合わず無頼の暮らしを送り、やがて日本行きを思い立って日本語を覚え、大正三年に日本へやってきた。エロシェンコはエスペラント語の普及や詩集の刊行などをしていたが、やがて中村屋のサロンに出入りするようになった。
りょうはエロシェンコを気に入って歓待し、エロシェンコもまたりょうを、
——マーモチカ（おかあさん）
聞かせるなどした。エロシェンコに日本の文学作品を読んで

と呼ぶようになった。

後にエロシェンコは当時、日本で高揚してきた社会主義に傾倒して警察からボルシェビキ（ロシア共産主義者）の嫌疑をかけられた。

やがて警察官が中村屋に土足のまま捜索に入り、りょうの部屋にいたエロシェンコを強制連行した。りょうと愛蔵はこれに抗議して警察署長を引責辞任させたが、エロシェンコは大正十年、日本を追放された。

りょうは呆然とした。

なぜ、ひとが国境や民族、言葉の違いを越えてわかり合おうとすることが許されないのか。あたかも、檻（おり）の中で決まった相手とだけ話し、親しんでいくように定められているのだろうか。

そうではない。

わたしたちは、自由に誰とでも会うことができる、話すことができる、さらには、愛し合うこともできるのだ。

明治女学校のころからわたしが求めていたのは、そのことだった、とりょうは思った。

檻を出たい。

そのための学問ではなかったか。

りょうがこのころ、中村屋に迎え入れていた外国人はエロシェンコだけではなかった。

インド人革命家の、

——ラス・ビハリ・ボース
だった。

ボースは、一八八六年、インドのベンガル地方に生まれた。当時のインドはイギリスから植民地支配されており、ボースはインド独立をめざす革命家となった。

インド総督の爆殺未遂事件などを起こしたボースは警察に追われて国外へ脱出、このころ日露戦争に勝利して国力があがっていた日本をめざした。

大正四年六月、ボースは神戸に上陸した。その後、支援者の助けを受けて東京に潜伏した。

だが、中国の革命家、孫文(そんぶん)と出会って親しく交わりを持ち、さらに多量の武器をインドに送ろうとした際、船がイギリスの官憲に見つかり、日本に密入国していることがイギリスに発覚した。

イギリスの申し入れにより、日本政府はボースを国外退去させる命令を出した。

このことは新聞にも書きたてられた。その新聞を読んだりょうは、義憤にかられた。

(イギリスにおびえて亡命客を追い出すとは何という恥さらしな政府だろう)

りょうはそんなことを愛蔵と言い暮らした。すると、思いがけないことにりょうたちの義侠心がボースを支援するひとびとに伝わった。ボースを匿って欲しいという申し出をりょうと愛蔵は一も二も無く引き受けた。こうしてインド人革命家は中村屋にやってくることになった。

そして、このことが俊子の運命を大きく変えた。このとき、ボースは二十九歳、俊子、十七歳だった。

大正七年七月――

ボースは支援者たちの勧めにより、俊子と結婚した。

りょうはこの結婚話が持ち上がったとき、当惑した。侠気にかられて匿いこそしたが、俊子をインド人革命家の妻にするつもりなどさらさらなかったのだ。しかし、ボースの支援者たちは、日本でのボースの生活を支えるには日本人女性との結婚が望ましいと考えたのだ。

そして、りょうの娘である俊子こそ、もっともボースにふさわしい女性だと言いだしたのだ。りょうは困惑するまま、俊子の意思を訊いた。

無理強いするつもりはなかった。しかし、俊子は微笑んで、

「わたし、ボースさんと結婚します」

と言った。

「どうして」

りょうは思わず訊き返した。すると、俊子はゆっくりと口を開いた。

わたしは子供のころから穂高に預けられてひとりで生きてきました。

母さんを恨んでいるんじゃないんです。

ひとりで生きるというのは、とてもいいことだと学んだんです。誰にも束縛されず、自分のしたいようにできる。

ひとりでいるときのわたしは、わたしそのものでした。そのうち、思うようになりました。

母さんはこんな風にひとりで生きたいのだろう。だからこそ、わたしをひとりにしているのだろうと。

自分が自分らしく生きること、それが母さんの願いなのだと思います。だけど、母さん、ひとは自分だけでは自分らしく生きられないのではありませんか。

自分を自分らしくしてくれるひとがいなければ、本当の自分なんてわからない。

母さんは本当の自分になれていますか。

守衛おじさんや、中村彜さんのことです。心が惹きつけられれば、それでいい。そう思っていませんでしたか。

でも、それは見栄と自己満足でしかない。母さんは本当の自分とはめぐりあっていないのかもしれません。

わたしは母さんのようには生きたくない。だから、わたしはボースさんと結婚するんです。

本当のわたしになるために。

俊子の言葉はりょうの胸を刺した。

だが、りょうは自分が間違っているとは思わなかった。誰かがいなければ、自分が自分らしくあることはできない、そんなことはない、と思った。

もしそうなら、すべてのひとは恋をして相手を見つけなければならない。

（そんなことはないはずだ。自分は自分で生きていく道はあるはずだ）

りょうはそう思った。

間もなく、ボースと俊子は結婚し、芝の愛宕山（あたごやま）で新婚生活をスタートさせた。その後、青山南町（あおやまみなみちょう）、青山高樹町（たかぎちょう）へと転居を繰り返した。

このころ、ボースは潜伏生活に疲れ、大きな不安を抱くようになっていた。

（俊子は本当に自分のことを愛してくれているのだろうか）

千葉の海岸の家で静養していたときのことだ。ボースは突然、

「あなたはわたしと結婚したが、本当にわたしを愛してくれたのだろうか。本当のことを聞きたい」

と尋ねた。

ボースの問いに俊子は涙を浮かべた。

相手の愛が信じられないのは、自分の愛も不安定だからだ。だからこそ、安心を求めようとする。自分の心が不安であるならば、たとえどのような言葉を言っても信じることはできないだろう。

どうすることもできないのだ。

ボースは俊子が黙ったのを見て、

「本当にわたしを愛しているなら、そのしるしを見せてくれ。わたしの前で死んでくれ。そこの欄干から飛び降りることができますか」

と言い募った。

ボースの目は何かに憑かれたように異様に輝いていた。愛は試してはいけないものだ、とは俊子は言わなかった。

飛べ、と言われたとき、飛ぼう、と思った。

それは、いつかどこかで、ひとから言われたことでもあった気がした。そうだ、中村

彝がそう言った。

「家を出ろ」

彝は自分が飛ばないままそう言ったのだ。

ボースもまた同じではないか。女の愛が欲しければ、まず自分自身が愛さなければならない。

なぜ、自分が欄干から飛ぼうとしないのだ。女にすがって愛を得ようとすることはあさましくはあるまいか。

しかし、そんなことはどうでもいい。

わたしは、飛ぶ。そのために生まれてきたのだ。俊子は欄干に向かって走った。その瞬間、俊子は蝶になっていた。

青空に羽ばたく蝶だった。

◇

欄干から飛び降りようとした俊子をボースはすがって止めた。それ以来、憑き物が落ちたように、愛情を確かめようとはしなかった。

大正七年、第一次世界大戦が終結すると、それまで、ドイツ政府の諜報活動と通じているとしてボースの日本国外への退去を求めていたイギリス政府はその根拠を失い、ボースは自由の身となった。

五年後、ボースは日本に帰化し、日本人としてインド独立運動に取り組むようになった。

この間、俊子は長男正秀(まさひで)、長女哲子(てつこ)を産んだ。

ボースが帰化して二年後、俊子は肺炎であっという間に亡くなった。

二十六歳という若さだった。

俊子が亡くなってもボースと中村屋の関係は切れなかった。中村屋はボースの提案により喫茶部で「インドカリー」を売り出した。

名物になった「インドカリー」は、

――恋と革命の味
などと言われた。

ボースは昭和二十年（一九四五）一月、インドの独立を見ることもなく亡くなった。

ボースと俊子の長男である正秀は日本陸軍戦車隊の一員として沖縄戦を戦い、この年六月に戦死した。

◇

りょうは日本の敗戦後まで生きた。

愛蔵は昭和二十九年、八十三歳で亡くなった。

りょうはさらに一年を生きて、昭和三十年、七十八歳でこの世を去った。りょうは晩年まで気性がしっかりして、周囲に、

「わたしぐらい生涯、我儘ばかり許してもらった女はないね」

と言い暮らした。

そんなりょうがある日、縁側の安楽椅子で日向ぼっこをしているとき、黒アゲハ蝶が家の中に舞い込んできた。

りょうが目で追っていると、黒アゲハ蝶はゆっくりと家の中を飛び回り、やがて縁側から外へ出て、大空へと舞い上がっていった。

りょうは昔、あの蝶を見たことがある、と思った。

だが、どこで見たのかを思い出せなかった。それでも黒アゲハ蝶を見ることができたりょうは満足そうな笑みを浮かべて、安楽椅子のうえで穏やかに眠るのだった。

主な参考文献

『黙移　相馬黒光自伝』相馬黒光（平凡社ライブラリー）
『新宿中村屋　相馬黒光』宇佐美承（集英社）
『女学雑誌』第321号（女学雑誌社）
『明治文學全集29　北村透谷集』（筑摩書房）
『島崎藤村全集　第9巻』（新潮社）
『明治文學全集69　島崎藤村集』（筑摩書房）
『桜の実の熟する時』島崎藤村（新潮文庫）
『現代日本文學大系6　北村透谷・山路愛山集』（筑摩書房）
『愛弟通信』国木田独歩（岩波文庫）
『欺かざるの記抄　佐々城信子との恋愛』国木田独歩（講談社文芸文庫）
『明治文學全集66　國木田獨歩集』（筑摩書房）
『あひゞき・片恋・奇遇　他一篇』ツルゲーネフ／二葉亭四迷・訳（岩波文庫）
『独歩詩集』国木田独歩（高須書房）
『独歩吟・武蔵野ほか（読んでおきたい日本の名作）』国木田独歩（教育出版）
『或る女』有島武郎（新潮文庫）
『有島武郎全集　第14巻』（筑摩書房）
『悲劇の知識人　有島武郎（日本の作家45）』安川定男（新典社）
『独歩全集　第10』国木田独歩／眞山青果・編（新潮文庫）
『於母影　冬の王（森鷗外全集12）』（ちくま文庫）

『明治文化全集　第8巻　風俗篇』明治文化研究会・編（日本評論社）
『勝海舟の嫁　クララの明治日記（上）』クララ・ホイットニー／一又民子　高野フミ　岩原明子
小林ひろみ・訳（中公文庫）
『復刻版　明治初期の三女性――中島湘煙・若松賤子・清水紫琴』相馬黒光（不二出版）
『［新編］日本女性文学全集　第1巻』渡邊澄子・編／岩淵宏子　長谷川啓・監修（菁柿堂）
『めさまし草』4号（盛春堂）
『樋口一葉の世界』前田愛（平凡社ライブラリー）
『明治文學全集30　樋口一葉集』（筑摩書房）
『一葉の日記（現代日本の評伝）』和田芳恵（講談社文芸文庫）
『緑雨警語』斎藤緑雨／中野三敏・編（冨山房百科文庫）
『中央公論』第22年第6号（反省社）
『瀬沼夏葉全集　上・下』瀬沼壽雄・編（京央書林）
『漢詩選8　李白』青木正兒（集英社）
『ニコライ堂の女性たち』中村健之介　中村悦子（教文館）
『十千万堂日録』尾崎紅葉（左久良書房）
『露国文豪チエホフ傑作集』瀬沼夏葉・訳（獅子吼書房）
『カミーユ・クローデル――極限の愛を生きて』湯原かの子（朝日新聞社）
『高村光太郎詩集』伊藤信吉・編（新潮文庫）

引用にあたっては、漢字や仮名遣いを一部、新字・現代仮名遣いにあらためています。

解説

細谷正充

「棺（かん）を蓋（おお）いて事定まる」という諺がある。人の真の評価とは死後になって分かるものだという意味だ。たしかに、その通りだろう。全体像を俯瞰できるようになって、初めて総合的な評価が可能になるものだ。だが、全体像が分かったからこそ、生まれることのなかったその先の大きさを知り、複雑な想いを抱くこともある。葉室麟の創作世界のことだ。

　葉室麟は、一九五一年、北九州市の小倉に生まれた。西南学院大学卒。地方紙記者などを経て、二〇〇五年、陶工の尾形乾山を主人公にした「乾山晩愁」で第二十九回歴史文学賞を受賞し、作家デビューを果たした。以後、デビュー作に絵師を主人公にした四作品を加えた短篇集『乾山晩愁』や、源実朝暗殺を題材にした『実朝の首』を上梓。そして二〇〇七年に『銀漢の賦』で、第十四回松本清張賞を受賞して、大きな注目を集める。月ヶ瀬藩という架空の西国の藩を舞台に、ふたりの武士の歳月を描いた物語は、硬質な筆致と豊潤な物語がマッチした、優れた武家物であった。

以後、多彩な歴史時代小説を発表。二〇一二年に『蜩ノ記』で第百四十六回直木賞を、一六年には『鬼神の如く―黒田叛臣伝―』で第二十回司馬遼太郎賞を受賞した。しかし二〇一七年十二月、病により逝去した。享年、六十六。作家としての活動は、足掛け十三年の短さであった。

作者は司馬遼太郎賞を受賞した後のインタビューで、『竜馬がゆく』を称揚しながら、司馬と現代の時代性の違いを指摘し、

「司馬さんの考えたことや仕事へのリスペクトに立ち、その先を見るのが、私たちの世代の作家の役目だと思います」

と述べている。晩年の一連の幕末・明治物は、それを形にしたものといっていい。ただしこうした指向は、早くからあった。たとえば二〇一一年の『星火瞬く』は、幕末の日本に現れたロシアの大革命家バクーニンを登場させ、明治維新をグローバルな視点で捉えようとした意欲作である。その後も断続的に幕末物を書き続けていた。ただし作者の多彩な作風の一環と捉えられ、そこに込められた狙いを意識した読者は少なかったのではないか。日本と日本人を見つめ直す作者の姿勢が露わになったのは、晩年の一連の

幕末・明治物によってであった。このままいけば葉室史観による、新たな日本の歴史が生まれたことは間違いないと、ようやく確信したものだ。だからこそ、作者の逝去が惜しまれるのである。

以上のことを踏まえると、本書の重要性が見えてくる。『蝶のゆくへ』は、「小説すばる」二〇一六年八月号から翌一七年八月号まで連載。単行本は作者の死後の、二〇一八年八月に刊行された。最晩年の作品であり、それだけに作者の目指す方向が強く示された内容となっているのだ。

物語は全七章で構成されており、第一章「アンビシャスガール」は明治二十八年（一八九五）の春から始まる。十八歳の星りょう（後の相馬黒光。彼女について詳しく知りたい人は、『黙移　相馬黒光自伝』を読むといいだろう）は、仙台の宮城女学校、横浜のフェリス和英女学校を経て、憧れていた東京の明治女学校に入学した。校長は、個人編集誌の「女学雑誌」を刊行している巌本善治。また、善治の妻の若松賤子は、『小公子』の翻訳者として有名である。さらに教師には文学者が複数おり、明治女学校は当時の文学のひとつの潮流になっていた。〝常に胸に得体のしれない大きな望みを抱いていた〟りょうには、期待せずにはいられない学び舎だ。

しかし一方で、気になっていることがある。宮城女学校をストライキ騒動で追い出され、明治女学校で学んでいたが、肺病にかかって死んだ斎藤冬子のことだ。冬子は明治女学校の教師をしていた北村透谷と、プラトニックな恋愛関係にあったという。だが透谷は、冬子の死の一ヶ月前に自殺している。ふたりの関係はどのようなものだったのか。やがてりょうは、ある確信を得る。

　第二章「煉獄の恋」は、やはり教師の島崎藤村の抱える恋愛の悩みに、りょうが巻き込まれる。りょうの行動力が切っかけとなり、藤村が悩んでいたある件の真実が判明。しかしそれにより藤村は、自分の心の奥底を知ることになる。第三章「かの花今は」は、りょうの従姉で、国木田独歩と結婚したと思ったらすぐに離婚した信子が実質的な主役。世間から悪評を被った彼女の人生を、独歩と、有島武郎を絡めて描き出している。

　このように本書には、多数の明治の文学者が登場する。どれだけ作品を読み込んでいるのかと感心するほど、作家への評価と、作品の解釈は鋭い。第二章の島崎藤村と並んで、それが極まったのが、第五章「われにたためる翼あり」の樋口一葉だろう。死んだ若松賤子から、自作の詩「花嫁のベール」を渡してほしいと頼まれたりょう。「花嫁のベール」にある「われにたためる翼あり」という言葉が好きなりょうは、詩を読んだ一葉の反応の薄さに不満を抱く。そして一葉の厳しい言葉に打ちのめされ、家を辞去するのだった。

　作者は若松賤子だけではなく、『藪の鶯』で人気を得た女性作家の三宅花圃も登場させ、彼女たちと比べることのできない貧しさの中で創作をする一葉の想いを、鮮やかに

表出する。一葉の死後、彼女のよき理解者だった斎藤緑雨がりょうにいう、

「樋口さんの生涯はいかにしたら、翼を持てるかを求め続けた一生だったと思うからね」

は、見事な作家論であろう。こうした近代文学に関する眼差しが、本書のひとつの読みどころになっているのだ。

いささか前後してしまったが、第四章「オフェリヤの歌」も、別の意味で注目に値する。「中央新聞」に、女学生が乱痴気騒ぎの果てに、井戸に飛び込んだという記事が掲載された。しかもその女学生が、名前こそ変えてあるものの、りょうとしか思えない。捏造記事に怒ったりょうは、教師の梶クララと共に、行動を起こすのだった。

梶クララことクララ・ホイットニーは、勝海舟の息子の妻である。勝からアドバイスを受けたふたりは、記事を書いた記者を訪ねたのを皮切りに、あちこちを当たり、意外な真相にたどり着く。おそらくこの章は、坂口安吾の『明治開化 安吾捕物帖』を意識しているのだろう。ちなみに『明治開化 安吾捕物帖』は、剣術使いの泉山虎之介が勝のところに事件を持ち込む。すぐさま推理を披露する勝だが、だいたい間違っているか、肝心なところが違っている。真相を看破するのは、洋行帰りの結城新十郎なのであった。

というのが基本パターンだ。こちらの話でも勝のアドバイスが間違っていたが、『明治開化 安吾捕物帖』を踏襲してのことだと思えてならない。

このように作者は、遊び心もたっぷり持っていた。またミステリーが好きらしく、ミステリー・タッチの『オランダ宿の娘』の他にも、ミステリーの趣向を盛り込んだ作品が幾つかある。エンターテインメントの楽しみも、大切にした作家なのである。

そして第六章「恋に朽ちなむ」から第七章「愛のごとく」にかけて、明治女学校を卒業後、相馬愛蔵と結婚した、りょうの新たな人生が綴られていく。信州での生活に馴染めなかったりょうは、やがて愛蔵と一緒に東京に出て、新宿中村屋を創業・発展させていく。相馬黒光と名を変え、多くの芸術家を庇護したが、そのため毀誉褒貶を被ることになる。さらにイギリスの圧力により日本政府が見捨てた、インド独立の闘士ラス・ビハリ・ボースを匿う。これが縁になり、りょうの娘の俊子がボースと結婚した。

りょうを主人公としながらも、多数の群像ドラマを繰り広げてきた作者は、第六章でも、波乱の人生を歩んだロシア文学の翻訳家で作家の瀬沼夏葉をりょうと対比させる形でクローズアップした。たしかに本書は、近代文学史の一断面を描くという目的があったのだろうが、それならなぜわざわざ、りょうを主人公にしたのか、疑問を覚えずにはいられない。しかし第七章の、りょうと俊子のやり取りで理解できた。〝自分が自分らしく生きること、それが母さんの願いなのだと思います。だけど、母さん、ひとは自分

〝誰かがいなければ、自分が自分らしくあることはできない、そんなことはない〟と思うのだ。

ここまでの物語でりょうは、さまざまな人と出会い、いろいろな騒動にかかわってきた。他の人との関係なしには社会が成り立たないことを、りょうは嫌というほど分かっているだろう。そのうえで彼女は、個としての精神的自立を信じ、求める。ここに作者は、近代女性の生き方を託したのである。

最後に、葉室作品における本書の位置を記しておこう。晩年の幕末・明治を舞台にした作品の中に、なぜ女性を主人公にして、多数の文学者を出した作品があるのか。それは近代を総合的に捉えようとしているからだ。男性だけで時代が動いたわけではない。そこには必ず女性がいる。また、戦や政治だけではなく、文化の流れもおさえなければ、近代の全体像は分からない。だから他の幕末・明治物で欠けていた部分を、本書で補う必要があったのだ。この物語が生まれた意味は、ここにある。

作者が指し示した〝蝶のゆくへ〟は、本書で途絶えた。残念でならない。今はただ幻となった、さらなる羽ばたきの軌跡を想うのみである。

（ほそや・まさみつ　書評家）

本書は、二〇一八年八月、集英社より刊行されました。

初出 「小説すばる」二〇一六年八月号〜二〇一七年八月号

葉室麟の本

冬姫

織田信長の娘、冬。信長の血の継承を巡り、繰り広げられる男たちの熾烈な権力争い、女たちの苛烈な〈女いくさ〉に翻弄されながらも、戦国の世を生きた数奇な半生を辿る歴史長編。

集英社文庫

集英社文庫 目録（日本文学）

馳星周　雪炎
馳星周　パーフェクトワールド(上)(下)
馳星周　陽だまりの天使たち ソウルメイトII
馳星周　神奈備
馳星周　雨降る森の犬
羽田圭介　御不浄バトル
畠山理仁　黙殺 報じられない"無頼系独立候補"たちの戦い
畠中恵　うずら大名
畑野智美　国道沿いのファミレス
畑野智美　夏のバスプール
畑野智美　ふたつの星とタイムマシン
はた万次郎　北海道青空日記
はた万次郎　ウッシーとの日々 1
はた万次郎　ウッシーとの日々 2
はた万次郎　ウッシーとの日々 3
はた万次郎　ウッシーとの日々 4

花井良智　美しい隣人
花井良智　はやぶさ 遥かなる帰還
花村萬月　ゴッド・ブレイス物語
花村萬月　渋谷ルシファー
花村萬月　風転(上)(中)(下)
花村萬月　虹列車・雛列車
花村萬月　錏娥哢妊(あがるた)(上)(下)
花村萬月　日蝕えつきる
花家圭太郎　八丁堀春秋
花家圭太郎　日暮れひぐらし 八丁堀春秋
帚木蓬生　エンブリオ(上)(下)
帚木蓬生　インターセックス
帚木蓬生　賞の柩
帚木蓬生　薔薇窓の闇(上)(下)
帚木蓬生　十二年目の映像
帚木蓬生　天に星 地に花(上)(下)

帚木蓬生　安楽病棟
帚木蓬生　やめられない ギャンブル地獄からの生還
帚木蓬生　ソルハ
浜辺祐一　こちら救命センター 病棟こぼれ話
浜辺祐一　救命センターからの手紙 ドクター・ファイルから
浜辺祐一　救命センター当直日誌
浜辺祐一　救命センター部長ファイル
浜辺祐一　救命センター「カルテの真実」
葉室麟　冬姫
葉室麟　緋の天空
葉室麟　蝶のゆくへ
早坂茂三　政治家 田中角栄
早坂茂三　オヤジの知恵
早坂茂三　田中角栄回想録
林修　受験必要論 人生の基礎は受験で作り得る
林望　リンボウ先生の閑雅なる休日